어느 날 문이 사라졌다 © 2025 글 김은영 · 그림 메

초판인쇄 2025년 1월 20일 | 초판발행 2025년 2월 4일 | 글쓴이 김은영 | 그린이 메 | 책임편집 강지영 | 편집 정현경 이복희 | 디자인 김성령 | 마케팅 정민호 서지화 한민아 이민경 왕지경 정유진 정경주 김수인 김혜원 김예진 | 브랜딩 함유지 함근아 박민재 김희숙 이송이 김하연 박다솔 조다현 배진성 | 저작권 박지영 형소진 오서영 | 제작 강신은 김동욱 이순호 | 제작처 영신사 | 펴낸곳 (주)문학동네 | 펴낸이 김소영 | 출판등록 1993년 10월 22일 제2003-000045호 | 주소 10881 경기도 파주시 회동길 210 | 전자우편 kids@munhak.com | 홈페이지 www.munhak.com | 카페 cafe.naver.com/mhdn | 북클럽 bookclubmunhak.com | 트위터 @kidsmunhak | 인스타그램 @kidsmunhak | 대표전화 (031)955-8888 | 팩스 (031)955-8855 | 문의전화 (031)955-3576(마케팅) (02)3144-3238(편집) | ISBN 979-11-416-0888-0 73810
잘못된 책은 구입하신 서점에서 교환해 드립니다. 기타 교환 문의: (031)955-2661, 3580
어린이제품 안전특별법에 의한 기타표시사항 제품명 도서 | 제조자명 (주)문학동네 | 제조국명 한국 | 사용연령 11세 이상

어느 날
문이 사라졌다

김은영 글 · 메 그림

문학동네

**차
례**

문이 사라졌다

"누나!"

해수가 방문을 벌컥 열고 들어왔다. 해리는 꿀잠을 자다가 깜짝 놀라 깼다. 지금이 몇 시인지 방이 캄캄했다. 휴대폰 시계를 보니 7시 반. 슬슬 일어날 시간이었다. 아침부터 웬 소란이냐고 신경질을 내려는 찰나, 해수의 다음 말이 날아왔다.

"문이 사라졌어!"

잠에서 미처 빠져나오지 못한 해리는 이게 무슨 엉뚱한 소리인지 어리벙벙했다.

"문? 네가 방금 열었잖아."

"아니, 방문 말고 현관문 말이야!"

해수가 해리의 팔을 잡아당겨 일으켰다.

"어제 엄마가 주문해 준 거, 너무 기대되어서 눈 뜨자마자 나가 봤거든."

해수는 해리를 현관으로 이끌었다. 해리가 오늘따라 집이 너무 어둡다고 생각했을 때, 현관 센서 등에 불이 들어왔다.

블록 조각처럼 어지러이 놓여 있는 신발들, 낡은 신발장, 그리고 바닥의 택배 상자……. 평소와 같아 보였지만 뭔가 달랐다. 현관문이 보이지 않았다. 해리와 해수가 "다녀오겠습니다!" "다녀왔습니다!"를 외치며 수천 번도 더 드나들던 문. 바로 그 문이 사라진 것이다!

그 자리에 하얀 벽이 시치미를 뚝 떼고 들어서 있었다. 처음부터 아무것도 없었던 것처럼 매끈했다. 무언가에 홀린 듯했다. 해리는 벽을 조심스럽게 밀어 보았다. 그러면 보란 듯이 문이 다시 나타나고 활짝 열릴 것만 같았다.

아무 일도 일어나지 않았다.

여전히 벽이었다. 아주 단단하고 차가운 벽.

이번에는 벽을 세게 밀어 보았다. 지켜보던 해수까지 함께 밀었다. 있는 힘껏 두드려 보기도 했다. 벽은 꿈쩍도 하지 않았다.

해리는 문득 현관에 엄마의 신발이 보이지 않는다는 것을 깨달았다. 당장 엄마에게 전화를 걸어야겠다고 생각했다. 그런데 방으로 돌아온 순간, 방이 캄캄한 이유를 알아챘다. 창문이 없었다.

"누나, 거실 창문도 다 사라졌어!"

해수가 다급하게 외치는 소리가 들렸다. 해리는 휴대폰을 챙겨 들고 거실로 나갔다. 소파 위에는 어제저녁 해수가 읽다 만 만화책이 어지러이 놓여 있었다. 화분에 물을 주고서 해리가 대충 던져 둔 물뿌리개도 바닥에 나뒹굴고 있었다. 모든 게 그대로였다. 현관문도 창문도 모조리 벽으로 바뀌어 버렸다는 것만 빼고. 마치 집이 통째로 택배 상자 안에 밀봉된 것 같았다.

대체 왜?

해수는 답을 알려 주길 바라는 눈빛으로 해리를 올려다보았다. 해리도 무슨 영문인지 알 턱이 없었다. 둘은 할 말을 잃고 눈만 끔뻑거렸다. 벽시계의 초침만이 부지런히 시간을 헤아리고 있었다.

"우리 집에 무슨 일이 일어난 거야……."

해리가 미궁에 빠진 목소리로 중얼거렸다. 해수가 참았던 울음을 터뜨렸다. 불행의 시작을 알리는 신호탄처럼.

해리는 엄마에게 전화를 걸어 보았다. 연결이 되지 않았다. 휴대폰을 이리저리 살펴보다가 화면 위쪽에서 조그만 아이콘을 발견했다. 등산 갔을 때 본 적이 있는 아이콘이었다. 동그라미 위를 가로지르는 단호한 선. 서비스 불가, 즉 전화가 안 된다는 뜻이었다.

"이럴 때 하필? 갑자기?"

해리는 휴대폰을 손에 쥔 채 초조하게 집 이곳저곳을 돌아다녔다. 부엌이고, 방이고, 어디서도 휴대폰은 터지지 않았다. 해리는 먹통이 된 휴대폰을 소파에 던졌다. 그러고는 벽을 두드리기 시작했다.

"거기 누구 없어요? 도와주세요!"

간절한 외침은 동굴 속의 메아리처럼 허무하게 되돌아올 뿐이었다.

"애당초 문이란 게 사라질 수 있는 거냐고!"

해수의 울음소리는 더 커졌고, 해리의 머릿속은 휴대폰처럼 서비스 불가 상태가 되어 버렸다.

호랑이 굴에 들어가도 인터넷만 되면 산다

해리는 한참 동안 휴대폰을 붙들고 씨름했다. 전원을 백 번쯤 껐다가 켰고, 앱도 하나씩 다 눌러 봤다. 부수는 것 빼고는 다 해 봤지만 여전히 불통이었다. 전화, 문자는 물론이고 인터넷마저 안 된다는 사실을 받아들이기 힘들었다.

그때 거실에 있는 인터폰 화면이 눈에 들어왔다. 당장 달려가서 이것저것 눌러 보았지만 역시 작동하지 않았다. 문이 없으니 문 열림 버튼은 당연히 안 되고 경비실 연결도 되지 않았다.

해수는 내내 훌쩍거렸다. 해리는 안 그래도 정신이 없는데 해수 울음소리까지 더해지니 신경이 점점 날카로워졌다.

"그만 좀 울어!"

해수는 누나가 말 걸기를 기다렸다는 듯 슬금슬금 곁으로 다가왔다. 눈물 콧물 범벅이 된 해수가 해리를 애처롭게 바라보았다. 조금 미안한 마음이 들었다. 그동안 해수를 울리는 사람은 늘 해리였고 달래는 사람은 엄마였다. 엄마도 없는 지금, 해리는 해수를 어떻게 해야 할지 몰랐다.

"호랑이 굴에 들어가도 정신만 차리면 산다는 말 알지?"

해리는 최대한 친절하게 말을 이었다.

"뭐가 어떻게 된 건지는 모르겠지만, 엄마가 금방 집에 올 거야."

해수가 코를 훌쩍이며 물었다.

"문이 없어서 못 찾는 거 아니야?"

"집은 그대로 있잖아. 119 구조대원들이 벽을 부수고 구출해 줄 거야."

"그럼 우리…… 오늘은 학교 못 가겠지?"

해리가 고개를 끄덕였다.

해수는 기분이 약간 나아졌다. 문이 사라진 이상한 사건에서 뜻밖의 좋은 점을 발견한 것이다. 해수는 어젯밤에 수학 숙제를 안 하고 자 버린 자신을 스스로 칭찬했다.

"누나, 나 배고파."

눈물을 그친 해수가 해리에게 말했다. 때마침 해리 배에서도 꼬르륵 소리가 났다.

"밥 먹자."

해리는 주방 식탁으로 가서 밥상보를 열었다. 달걀말이와 콩

나물국이 정갈하게 차려져 있었다. 밥솥을 열자 뜨거운 김이 훅 올라왔다. 늘 그랬듯 엄마가 출근하기 직전에 취사 버튼을 눌러 놓고 갔을 터였다. 아침밥이 지어지는 짧은 사이에 도대체 무슨 일이 벌어진 걸까.

해수는 밥상에 달려들어 부리나케 먹기 시작했다.

해리는 밥을 깨작거리며 생각에 잠겼다. 학교에 안 가면 선생님이 엄마에게 연락할 것이다. 어쩌면 벌써 엄마가 집으로 오고 있을지도 모른다. 혹시 엄마가 선생님과 연락이 안 되면? 그래도 괜찮다. 저녁에 퇴근하고 집에 돌아와서는 문이 사라진 것을 알게 될 테니까. 오늘 하루만 잘 버티면 원래대로 돌아올 것이다. 그렇게 생각하니 마음이 한결 여유로워졌다.

해수는 밥을 다 먹자마자 소파에 앉아 TV를 켰다. 하지만 까만 화면에 신호를 찾을 수 없다는 메시지만 떴다.

"TV도 안 나오네. 심심한데 뭐 하고 놀아?"

해수는 혼잣말을 중얼거리더니 무언가 생각난 듯 엄마가 현관 한쪽에 밀어 놓고 간 택배 상자를 가져왔다. 엄마를 며칠 동안 조르고 졸라 얻어 낸 셀카봉이었다.

해수의 꿈은 아이튜브 크리에이터, 아이튜버다. 엄마의 아이튜브 계정을 빌려 만든 '안했슈 TV'에 틈만 나면 영상을 찍어 올리곤 했다. 구독자는 다섯 명뿐이지만.

안했슈 TV라는 이름은 해리가 지어 준 별명에서 따온 것이다. 해리는 말썽을 부려 놓고서 무조건 안 했다고 발뺌부터 하는 동생이 얄미워 '안해수'라는 이름을 '안했슈'라고 비꼬아 부르곤 했다. 해수는 처음엔 팔팔 뛰더니 어느새 그걸 아이튜브 채널 이름으로 사용하고 있었다.

해수는 자기 휴대폰을 셀카봉에 끼우고 영상을 찍기 시작했다. 해리는 이런 상황에 저게 뭐 하는 짓인가 싶었다. 그래도 일단 동생이 징징거리지 않고 혼자 잘 노니 그냥 두기로 했다.

■📹

안했슈 TV의 안해수입니다. 여러분, 오늘은 월요일인데 저는 왜 학교에 안 갔을까요? 지금부터 깜짝 놀랄 만한 걸 보여 드리죠.

(집 안을 전체적으로 훑는다) 여기는 저희 집입니다. 아파트 3층이죠. 그런데 자고 일어났더니, (창문이 있던 자리를 보여 준다) 짠! 창문이 사라졌습니다. 보이시죠? (손으로 쿵쿵 쳐 본다)

여기서 끝이 아닙니다. 현관으로 가 보겠습니다. (현관문이 있던 자리를 보여 준다) 현관문도 사라졌습니다! 힘껏 밀어 보겠습니다. (온몸으로 벽에 부딪치자 화면이 흔들린다) 밖으로 나갈 수 있는 길은 모두 막혔습니다.

어떻게 된 일이냐고요? 저도 모릅니다. 지금 누나와 둘이 집 안에 갇혀 있어요. 전화도 안 터져서 구조 요청을 할 수도 없어요. 이 영상을 보신 분들은 우리 엄마나 119에 연락해 주세요.

(손사래를 치며) 문 없앤 거 내가 안 했슈!

안했슈 TV 구독, 좋아요, 알림 설정까지!

"집 주소를 어떻게 알고 119에 신고하냐?"

해리의 핀잔에 해수가 당당하게 말했다.

"내 구독자는 다 우리 집 알아. 친구들뿐이라."

"어차피 영상 올리면 엄마가 바로 알걸? 엄마 계정이잖아. 업로드 알림 뜰 텐데."

"맞다! 빨리 영상 올려야겠다!"

"너 바보 아니야? 인터넷 안 된다니까. 네이비고, 깨톡이고, 아무것도 안 돼. 아이튜브도 당연히 못 들어가지."

해리는 답답하다는 듯 고개를 내저었다. 하지만 해수는 셀카봉을 들고 이 방 저 방을 돌아다녔다. 엄마와 해수가 자는 안방부터 거실, 해리 방, 화장실…….

"어엇!"

현관 옆 끝방에서 해수의 외마디 소리가 들렸다. 해리가 벌떡 일어나 달려갔다. 해수가 까치발을 한 채 셀카봉을 치켜들고 있었다. 눈치 빠른 해리가 해수의 셀카봉을 낚아채 더 높이 들어 올렸다. 휴대폰이 천장에 조금 더 가까워지자 와이파이 신호 한 칸이 반짝 떠올랐다.

"와! 떴다 떴어!"

곧장 엄마에게 깨톡 메시지를 보냈지만 번번이 전송에 실패했다는 X 표시만 떴다. 네이비 검색창에 '문이 사라진 이유'를 검색하려고 했는데 한참 있다가 '인터넷 연결이 원활하지 않다'는 메시지만 떠서 맥이 빠졌다. 딱 하나, 아이튜브는 접속이 되었다. 그러나 로딩이 끝도 없이 이어졌다. 휴대폰을 내렸다 올렸다 한

참을 하다 보니 팔이 뻐근하게 아팠다.

"이렇게는 도저히 안 되겠다."

해리는 의자를 갖다 놓고 그 위에 길쭉한
스탠드 옷걸이를 세웠다. 그리고 와이파
이 신호가 그나마 잡히는 지점을 찾아
서 옷걸이 꼭대기에 휴대폰을 걸
어 두었다. 휴대폰은 깡마른
나무에 하나 남은 까치밥
같이 작은 희망을 품고
대롱대롱 매달려 있었다.

"내 휴대폰⋯⋯."

해수가 입을 삐죽였다. 해리는
어깨를 으쓱하며 말했다.

"일단 저기에 두고 아까 네가 찍은 영상 업로드해 보자. 언젠가는 될 수도 있잖아."

해리는 자기 방으로 돌아가 침대에 몸을 던졌다. 바깥 풍경이 보이던 자리가 꽉 막혀 있었다. 창문 대신 생겨난 벽. 원래부터 거기 있던 것처럼 뻔뻔하게 자리 잡은 벽. 해리는 침대맡의 책을 들어 힘껏 던졌다. 벽은 끄떡하지 않았다. 책의 모퉁이만 까졌을 뿐이다. 엄마가 봤다면 책을 던졌다고 혼을 냈겠지. 바닥으로 툭 떨어진 책을 보며 해리는 어젯밤 엄마와 싸운 일을 떠올렸다.

해리가 어렸을 때부터 애지중지하던 토끼 인형이 있었다. 이름은 '토요일'. 해리가 가장 좋아하는 날이 토요일이라서 지은 이름이었다. 해리와 토요일은 늘 함께였다. 놀이터에 갈 때도, 밥 먹을 때도, 잠을 잘 때도. 새하얗던 토끼 인형은 함께한 시간만큼 거뭇거뭇 손때가 탔다. 물론 크면서 조금 소홀해지기는 했다. 언제부터인가 책장 한구석에 처박혀 먼지만 쌓여 가고 있었으니까. 그런데 어제 문득 토요일이 안 보인다는 걸 깨달았다.

해리는 거실로 나가 엄마에게 물었다.

"엄마, 토요일 어디 있어? 빨았어?"

"글쎄……, 잘 찾아봐."

엄마는 대답을 피하며 우물거렸다. 해리는 엄마의 눈동자가

흔들리는 것을 보았다. 불길한 징조였다.

"엄마, 설마 토요일 버린 거 아니지?"

엄마는 틈만 나면 집 안을 쓸고 닦았다. 집이 다 닳아 없어지는 게 아닌가 싶을 정도였다. 안 쓰는 물건, 작아진 옷과 신발은 가차 없이 정리했다. 오래된 장난감도 다 버리자며 꼬질꼬질해진 토요일을 못마땅하게 바라보곤 했다.

"아니, 이제 그 인형 거들떠보지도 않길래……. 저번에 빨려고 꺼내 놨다가 커피를 좀 쏟았거든. 얼룩 지우기 힘드니까, 어차피 안 가지고 노는 거…… 그냥…… 버렸어."

엄마가 변명을 주절주절 늘어놓았다. 듣고 있던 해리의 얼굴이 점점 빨개졌다. '버렸어'라는 말은 최후의 폭파 버튼이었다.

"뭐? 왜 엄마 맘대로 내 인형을 버리는데!"

해리는 왈칵 눈물이 터졌다. 안방에 있던 해수가 무슨 일인가 하고 고개를 내밀었다.

"나이가 몇 살인데 인형 하나 가지고 그래?"

엄마는 잠시 당황했지만 이내 큰소리를 쳤다. 화를 화로 다스려 보려는 맞불 작전이었지만 이번엔 불이 너무 컸다.

"다시 찾아 놔! 찾아 놓으라고!"

걷잡을 수 없이 화가 난 해리가 발을 쿵쿵 굴렀다.

"어머, 얘 좀 봐. 무슨 떼를 그렇게 써? 아랫집 할아버지 또 시끄럽다고 올라오시겠다."

"엄마가 소중하게 여기는 거 내가 말도 없이 버리면 좋아? 어떤 기분인지 한번 느껴 봐!"

해리는 소파 위에 있던 엄마 책을 쓰레기통에 던져 버렸다. 지켜보던 해수가 입을 딱 벌리고 엄마 눈치를 살폈다. 그리고 가만히 숫자를 셌다.

"3, 2, 1······."

그 순간, 엄마가 냅다 고함을 쳤다.

"너 지금 무슨 버르장머리 없는 짓이야?"

해리는 이를 바득바득 갈면서 방으로 들어갔다. 쾅! 방문이 큰 소리를 내며 닫혔다. 때마침 열린 창문으로 바람이 불어온 탓이었다. 엄마가 딱 싫어하는 행동이었으나 해리는 변명하지 않았다.

'혹시 엄마가 문을 다 막아 버린 걸까? 어제 문을 세게 닫은 벌로? 아냐, 그럴 리가 없지. 엄마가 밥도 해 놓고 갔잖아. 게다가 하룻밤 사이에 아무 기적도 없이 벽이 생길 리가…….'
해리는 누워서 하염없이 생각했다. 아무리 궁리해도 알 수가 없었다. 그때 해수의 상기된 목소리가 들려왔다.
"누나! 영상 다 올라갔어!"

집에서 조난이라니

　해리와 해수의 엄마, 선화의 휴대폰에서 아이튜브 업로드 알림이 울렸다.

　'학교에서 동영상을 올려?'

　선화는 회사 동료들 눈치를 한번 보고서 아이튜브에 슬쩍 접속했다. 영상 제목은 'SOS! 집에 갇혔어요!'.

　한숨이 절로 나왔다. 조용한 사무실에서 영상을 틀 순 없었지만 안 봐도 뻔했다. 어제는 해리랑 한바탕했는데 오늘은 해수가 일을 벌이는구나 싶었다.

　선화의 전화가 울렸다. 해수네 반 담임 선생님이었다.

　"네? 해수가 학교에 안 왔다고요? 저도 연락해 볼게요."

　전화를 끊자마자 해리의 담임 선생님에게서도 전화가 왔다. 해리도 학교에 오지 않았다고 했다. 선화는 복도로 나가 해수와 해리에게 차례로 전화를 걸었다. 둘 다 받지 않았다. 문자도 깨톡도 보지 않았다. 휴대폰을 쥔 손에 땀이 배어났다. 퍼뜩 아까 뜬 알림이 생각나 안했슈 TV에 들어가 보았다. 영상에서는 믿을 수 없는 광경이 펼쳐지고 있었다.

선화는 곧바로 회사 밖으로 나가서 택시를 잡아탔다. 택시 안에서 정신없이 회사와 학교에 전화를 하고 영상을 되풀이해 보았다. 책장, 식탁, TV, 화분, 시계, 현관에 놓인 신발들, 벽지까지…… 아무리 봐도 집이 맞는데 문과 창문만 감쪽같이 사라지고 없었다.

선화는 영상에 댓글을 남겼다.

💬 **해바라기**: 왜 전화 안 받아? 엄마 지금 집으로 간다.

택시에서 허둥지둥 내려 아파트로 들어섰다. 엘리베이터를 기다릴 수가 없어서 계단으로 뛰어 올라갔다. 선화는 가쁜 숨을 몰아쉬며 301호 앞에 멈추어 섰다.

문이 있었다.

진짜 문이 사라졌을 거라고 생각한 건 아니었지만 문이 있는 것도 당황스러웠다. 그럼 아이들은 왜 문밖으로 나오지 못하는 걸까? 떨리는 손으로 비밀번호를 눌렀다. 띠리링, 경쾌한 소리와 함께 문이 활짝 열렸다.

선화는 서둘러 집 안으로 들어갔다. 아이들 이름을 부르며 방세 개, 화장실, 베란다에 옷장까지 다 뒤져 보았지만 해리와 해수는 보이지 않았다.

'그사이 밖으로 나간 걸까?'

전화를 재차 걸었지만 여전히 받지 않았다. 불길한 신호음만 반복될 뿐이었다.

🟤 **해바라기**: 지금 집에 들어왔는데, 너희 안 보여. 어디 간 거야?

해리와 해수는 누군가 영상을 보길 기대하며 휴대폰을 계속 옷걸이에 달아 두었었다. 한참 뒤, 해수가 해리를 소리쳐 불렀다.

"누나, 엄마가 댓글 달았어!"

해리가 달려가 휴대폰을 확인했다. 그런데 엄마의 댓글은 이상했다.

"엄마가 집에 왔다고? 그럼 왜 안 보이지?"

"어디 숨어 있나?"

"그럴 리가 있냐!"

해리는 휴대폰을 뺏으려는 해수를 밀치며 댓글을 달았다.

⌐ ⚫ **안했슈**: 우리, 집에 갇혔어. 전화도 안 되고 깨톡도 안 되고 아이튜

브만 겨우 돼. 근데 집에 엄마 없는데? 진짜로 집이야? 문도 있고?

다시 옷걸이에 휴대폰을 매단 채 목이 빠지게 기다렸다. 조급한 마음을 아는지 모르는지 댓글은 거북이처럼 느릿느릿 올라갔다. 답답한 시간이 흐르고, 드디어 엄마의 새 댓글이 달렸다.

ㄴ, 🔵 **해바라기**: 문은 당연히 있지. 엄마가 열고 들어왔는데. 너희 정말 장난치는 거 아니야? 지금 경찰에 신고했으니까 장난이면 빨리 말해 줘야 돼.

그 순간, 해리는 이 집에서 쉽게 탈출할 수 없을지도 모른다고 생각했다. 가장 안전하다고 생각했던 집에서 조난이라니! 모양을 알 수 없는 공포가 스멀스멀 마음을 조여 왔다. 집은 하나인데, 둘로 나뉘었다. 문이 있는 집, 그리고 문이 없는 집. 이게 말이나 되는 일이냐고!

뒤이어 다시 장문의 댓글이 달렸다. 엄마도 불안한 예감이 든 것 같았다.

ㄴ, 🔵 **해바라기**: 무슨 일인지 모르겠지만 혹시 찾는 게 조금 늦어지더라도 밥 잘 챙겨서 먹어. 해리는 엄마가 알려 준 대로 전기밥솥으

로 밥 잘할 수 있지? 찬장에 참치 통조림이랑 김 있어. 냉장고에 반찬도 꺼내서 먹고. 가스레인지는 위험하니까 웬만하면 쓰지 말고. 해수는 누나 말 잘 듣고 있어. 너무 걱정하지 말고.

해리는 그렇게 듣기 싫던 엄마의 잔소리가 눈물 나게 반가웠다. 전화나 문자는 안 되지만 댓글로나마 엄마와 연락할 수 있다는 사실에 마음이 놓였다.

"누나, 엄마가 뭐래? 나도 볼래!"

해수가 휴대폰을 보려고 기웃거렸다. 해리는 동생 몰래 눈물을 훔치며 댓글을 달았다.

ㄴ 🔵 안했슈: ㅇㅋ

신고를 받은 경찰들이 집에 도착했다. 선화는 경찰과 머리를 맞대고 영상 속 집과 실제의 집을 비교해 보았다. 벽지가 뜯긴 자국, 가구에 붙은 스티커까지 모두 똑같았다. 그러는 사이 다른 경찰은 집 안을 찬찬히 살폈다. 괜스레 벽을 두드려 보기도 했다.

"이 집이 확실히 맞는 것 같은데……. 영상에서 문만 싹 다 지운 건가?"

경찰이 의심하는 표정으로 혼잣말을 했다. 선화가 아는 한 아이들한테 그런 재주는 없었다. 동영상 편집 앱을 어떻게 잘 썼다고 해도 학교까지 빠져 가며 간 큰 장난을 벌인다는 건 상상할 수 없는 일이었다. 특히 해수는 경찰을 무서워했다.

선화가 '너 자꾸 그러면 경찰이 잡아간다.'는 협박을 종종 써먹었기 때문이다. 설령 장난이었어도 경찰에 신고했다고 했을 때 해수만큼은 순순히 자백했을 터였다.

"요즘 애들은 장난 치는 게 어른들 상상 이상이에요."

경찰이 선화를 바라보며 말했다. 다른 경찰도 거들었다.

"진짜 갇힌 상황이라면 이렇게 아이튜버 놀이를 할 수 있을까요? 구독, 좋아요라니."

"제가 우리 아이들 잘 알아요. 그럴 애들이 아니에요."

선화는 경찰의 태도에 울컥했다. 그러면서도 마음에 걸리는 게 있었다.

'혹시 토요일 때문인가? 해리가 나를 골탕 먹이려고 꾸민 일일까? 요즘 사춘기에 들어선 느낌이긴 했는데.'

중학생 딸이 사춘기가 되더니 완전 딴사람처럼 변해 버렸다던 직장 동료의 푸념이 생각났다.

경찰이 찬장을 열어 보다 지나가듯 물었다.

"혹시 애들 아버님은……?"

"몇 년 전에 세상을 떠났어요."

"아, 실례했습니다. 일단 여러 가지 가능성을 열어 두고 조사해 보겠습니다."

그때였다. 주방 환풍기에서 라면 냄새가 나기 시작했다. 오래된 아파트라 환풍기를 통해 이웃집 음식 냄새가 넘어오곤 했다. 경찰이 코를 킁킁대며 중얼거렸다.

"어디서 라면 끓여 먹나."

뒤이어 희미한 탄내가 공기 속을 맴돌다 사라졌다.

때마침 선화의 휴대폰에 안했슈 TV의 새 영상 알림이 떴다. 제목은 '처음으로 라면을 끓여 보았다?!'. 선화의 눈이 휘둥그레졌다.

'가스레인지 쓰지 말라고 했건만.'

선화는 떨리는 손으로 새로운 영상을 재생했다.

처음으로 라면을 끓여 보았다?!

    해리와 해수는 갑작스러운 조난에 대처하기 위해 우선 비상식량이 얼마나 있는지 파악해 두기로 했다. 참치 통조림, 김, 라면, 달걀, 김치, 멸치볶음, 냉동 만두……. 쌀도 충분해 보였다. 초코볼, 라면땅, 감자칩 같은 과자들도 있었다.

    '혹시 우리를 영영 못 찾는 건 아니겠지?'

    해리는 불쑥 솟아나는 불길한 생각을 애써 눌렀다. 해리 옆에 껌딱지처럼 붙어 다니던 해수가 라면 봉지를 가리켰다.

    "누나, 라면 끓일 줄 알아?"

    "안 끓여 봤지만 쉬워."

    해수가 오늘 처음으로 활짝 웃었다.

    "그럼 우리 점심으로 라면 먹을까? 벌써 두 시야. 배고파."

    해리는 예전부터 엄마에게 라면을 끓여 보겠다고 졸랐었다. 선화는 일하는 엄마라 아이들 끼니를 꼬박꼬박 챙겨 줄 수 없기

에 전기밥솥과 전자레인지는 사용하도록 했지만 가스불은 좀처럼 허락하지 않았다.

해리는 '내가 저렇게 쉬운 일도 못 할 거라고 생각하나?' 싶어 엄마가 라면을 끓일 때마다 속으로 툴툴거리곤 했었다. 지금이 기회였다. 특별한 상황이기 때문에 라면을 직접 끓인다 해도 혼나기는커녕 대견하다고 칭찬받을지도 모른다. 해리는 이런 속마음을 감추고 해수에게 퉁명스레 대꾸했다.

"엄마가 웬만하면 가스레인지 쓰지 말라고 했잖아."

"누나, 잘 생각해 봐. 웬만하면 쓰지 말라는 건 꼭 필요할 땐 쓰라는 말이잖아."

해수는 무언가를 진심으로 원할 때 눈빛이 초롱초롱해지고 머리가 잘 돌아갔다.

"알겠어. 네가 그렇게 먹고 싶으면 끓여 줄게."

마지못해 동의하는 것처럼 말했지만 사실은 해수에게 책임을 미룬 것이다. 혹시라도 나중에 혼나면 동생 핑계를 댈 수 있도록. 남매의 살벌한 경쟁에서 해리가 터득한 생존 기술이었다. 아무것도 모르는 해수가 폴짝폴짝 뛰며 좋아했다.

"달걀은 넣어, 말어?"

해리는 엄마가 묻던 대로 물었다.

"넣지 마. 엄마는 채소며 달걀이며 있는 거 다 넣는단 말이야.

그럼 맛없어."

　엄마가 조금이라도 건강하게 먹어야 한다며 끓인 라면은 정말 맛이 없었다. 엄마는 밥 먹을 때마다 탄수화물만 먹지 말고 단백질도 먹어라, 채소도 세 젓가락 이상은 먹어라, 잔소리가 끊이지 않았다. 해수는 맨날 들으면서도 "단백질이 뭐야?" 하고 되묻곤 했다.

　"좋아, 너는 오늘 세상에서 가장 맛있는 라면을 먹게 될 거야."

　해리가 자신만만하게 말했다. 얼큰한 국물에 꼬불꼬불한 면발을 생각하니 군침이 돌았다.

◼️

안했슈 TV의 안해수입니다. (비장한 표정으로) 이것은 재난방송입니다. 저희는 구조될 때까지 집에 있는 식량으로 살아남아야 합니다. 그래서 점심은 라면을 먹기로 했습니다. (라면 봉지를 보여 준다) 한 번도 라면을 끓여 본 적은 없지만 비상 상황이기 때문에 어쩔 수가 없습니다.

자, 지금 누나가 냄비를 가스레인지에 올렸습니다. 불을 붙입니다! (해리가 손잡이를 돌려 보지만 탁탁 소리만 난다) 어? 누나, 중간 밸브를 열어야지. 중간 밸브는 저도 아는데 그걸 몰랐군요. (해리가 노려

본다) 아, 뭐, 그럴 수 있죠.

(가스레인지에 불이 붙는다) 그럼 불멍을 하면서 조금 기다리겠습니다. (한동안 가스레인지의 불을 보여 준다)

드디어 물이 끓습니다. 먼저 면을 넣고, 라면수프를 넣겠습니다. 앗! 수프를 조금 쏟았네요. 오, 매콤하고 맛있는 냄새가 납니다. 생각보다 쉬운데요?

(해리가 흘린 수프를 휴지로 닦는다) 어어어! 휴지에 불붙었어! 어떡해! (화면이 다급하게 흔들린다) 물 부어! 물! (해리가 물컵에 있던 물을 붓자 불이 꺼진다)

아휴, 큰일 날 뻔했습니다. 처음으로 끓인 라면이 인생 마지막 라면이 될 뻔했네요. 자나 깨나 불조심해야겠습니다.

불낸 거 내가 안 했슈!

안했슈 TV 구독, 좋아요, 알림 설정까지!

해수는 불이 날 뻔했다는 사실은 까맣게 잊고 해맑게 라면을 후루룩 먹었다. 매운지 한 입 먹을 때마다 물을 한 컵씩 들이켜면서도 엄지를 치켜들었다.

해리는 먹는 둥 마는 둥 젓가락만 휘저었다. 드디어 혼자 라면을 끓여 보았지만 기뻐할 수가 없었다. 조금 전 상황이 얼마나 위험했는지를 떠올리면 아찔했다. 지금 집에는 문이 없다. 불이 나도 탈출할 수 없다는 뜻이다. 아직도 공기 중에 매캐한 냄새가 떠돌았다. 엄마가 음식을 태웠을 때 창문을 열고 주방 환풍기를 켜던 모습이 떠올랐다. 해리도 환풍기를 켰다. 탄내가 웅 소리와 함께 빨려 올라갔다.

선화는 영상을 보고 심장이 덜컹했다. 댓글에 밥 놔두고 왜 라면을 끓여 먹느냐고 퍼붓다가, 뭐라도 챙겨 먹는 게 어디냐 싶어서 지웠다. 반찬이 다 떨어지면 애들이 달걀프라이라도 해서 먹어야 하지 않을까 싶었다. 진작 안전하게 가스레인지 쓰는 법을 연습시킬걸 후회가 되었다.

해바라기: 엄마 너무 놀랐다. 괜찮은 거지? 가스레인지 쓸 때는 먼저 기름이나 종이, 플라스틱 같은 것들을 멀리 치워 놔야 해. 냄비 손잡이는 뜨거우니까 맨손으로 잡지 말고. 경찰에서 찾고 있으니까 조금만 더 기다려 줘.

인생은 가시밭길

해리는 저녁밥을 먹고 나서야 아침부터 미뤄 두었던 설거지를 해야겠다고 생각했다. 그릇을 씻어 놓아야 내일 또 밥을 먹을 수 있다.

"설거지 내가 해 볼래."

웬일로 해수가 나섰다. 해리는 설거지가 무슨 게임이라도 되는 것처럼 신나 하는 동생이 어이없으면서도 이참에 설거지 정도는 떠넘길 수 있겠다 싶었다. 동생에게 설거지하는 방법을 알려 주었다.

"이거 재밌는데?"

해수가 세제 거품을 가지고 노느라 설거지는 세월아 네월아 끝나지 않았다. 해리는 해수를 내버려두고 살금살금 끝방으로 향했다. 해리의 휴대폰에는 오프라인 저장하기로 다운받은 아이돌 그룹 '아이쁘'의 신곡 뮤직비디오가 담겨 있었다. 해수 몰

래 몇 시간 동안 받은 것이다.

해리는 아까 해수가 학습만화책을 보는 동안 휴대폰을 붙들고 여러 실험을 해 봤다. 그 결과 몇 가지를 알 수 있었다. 첫째, 끝방 천장의 특정 위치에서 와이파이 한 칸이 띄엄띄엄 잡힌다. 둘째, 휴대폰은 옷걸이에 한 대만 매달아 두어야 한다. 두 대를 동시에 매달면 둘 다 안 된다. 셋째, 아이튜브만 겨우 연결된다. 시간이 오래 걸리긴 해도 짧은 동영상과 댓글을 올릴 수 있다. 다른 영상을 보기는 힘들지만 오프라인 저장하기로 다운받을

수는 있다.

동생에게는 안했슈 TV의 영상만 볼 수 있다고 얘기할 작정이었다. 남매 간에 와이파이 쟁탈전이 벌어질 게 뻔하니까.

해리는 침대에 벌렁 드러누워 아이쁘 뮤직비디오를 재생했다. 쿵, 쿵, 쿵, 비트가 심장을 울렸다. 아이쁘 언니들의 칼군무에 마음을 빼앗기려는 순간, 와장창! 무언가 깨지는 소리가 고막을 찔렀다. 해리는 벌떡 일어나 주방으로 달려갔다.

밥그릇 하나가 박살이 나 있었다. 손에 맞지 않는 고무장갑이 화근이었는지, 밥그릇이 해수의 손에서 미끄러져 떨어진 것이다. 바닥에는 날카로운 도자기 파편들이 퍼져 있었다.

해수는 싱크대 앞에 얼어붙은 채 누나를 바라보았다. 해리도

잠시 말을 잃은 채 동생을 바라보았다.

"누나, 어떡해?"

"그러게, 조심 좀 하지……."

해리가 실수할 때마다 엄마가 하던 말이 절로 나왔다. 그 말을 참 싫어했으면서도.

"일단 그 자리에 꼼짝 말고 있어."

해수는 비장하게 고개를 끄덕였다.

하지만 해리도 어떻게 해야 할지 막막했다. 깨진 그릇은 한 번도 치워 보지 않았다. 해리가 해수만 했을 때 컵을 깨뜨린 적이 있다. 엄마는 해리를 안아서 소파 위에 데려다 놓고 절대 근처에 오지 말라고 신신당부를 했었다.

해리가 인상을 쓴 채 한참 주변을 살피고 나서 말했다.

"영상 찍어서 엄마한테 물어봐야겠다. 어떻게 치우냐고."

해리의 말에 해수가 머뭇거렸다.

"엄마한테 혼나면 어쩌지?"

"구더기 무서워서 장 못 담글래?"

"그게 무슨 말이야?"

"혼날 거 무서워서 피 볼 거냐고."

해리는 해수의 잘못을 엄마에게 이르고 싶은 마음도 있었다. 해수가 친 사고를 의젓하게 잘 해결하면 칭찬도 덤으로 받을 것이다. 라면 끓이다 불낼 뻔한 흑역사도 만회할 수 있고.

"근데 나한테 설거지시켰다고 누나도 혼나는 거 아니야?"

"뭐? 네가 한다고 했잖아, 설거지!"

해리가 발끈했다.

"그래도 누나가 말렸어야지."

해수는 시무룩하게 대꾸했다.

해리는 해수의 불쌍한 표정 너머에서 이 사태의 책임을 나누려는 약삭빠른 의도를 간파했다. 엄마라면 분명 누나가 되어 가지고 동생만 시켰냐고 할 게 뻔했다. 예전 같았으면 얄미워서라도 같이 혼날지언정 일러바쳤을 것이다. 하지만 이제 해리는 실리를 위해 적과도 손잡을 줄 아는 열두 살이었다.

"너, 내가 봐준 줄 알아."

"고마워, 누나."

해수가 넙죽 인사치레하며 씩 웃었다. 해리는 동생을 째려보다가 한숨을 쉬었다.

"그런데 진짜 어떻게 치우지?"

"네이비에 검색해 봐."

해리가 어이없다는 듯 해수를 쳐다봤다.

"농담이야, 농담."

해수가 멋쩍게 웃었다. 사소한 문제도 인터넷에 검색해서 해

결하는 게 일상이었는데 인터넷이 안 되니 참 답답했다.

"뭐, 어떻게든 되겠지."

해리는 먼저 청소기를 꺼내 왔다. 그리고 양말을 챙겨 신었다. 잠깐 고민하다가 운동화도 신었다. 손에는 두툼한 스키 장갑을 꼈다. 마지막으로 스킨스쿠버용 물안경까지 가져와 썼다.

"물안경은 왜 쓴 거야?"

해수가 의아한 표정으로 물었다.

"혹시라도 눈에 튀면 어떡해."

해리는 마음을 단단히 먹고 싱크대 앞에 섰다. 눈앞의 풍경은 처참했다. 인생은 가시밭길이라더니, 긴장을 늦추는 순간 찔린다. 해리는 침을 꿀꺽 삼켰다.

"누나, 빨리 치워 주면 안 될까? 나 쉬 마려워."

"으이그, 가지가지 한다."

해리는 가시밭길을 향해 조심조심 입장했다. 운동화 밑으로 저벅저벅 밥그릇 파편이 밟혔다. 큰 조각들을 먼저 주워 비닐봉지에 담았다. 해수가 "저기, 저기도 있어." 하며 거들었다. 위잉, 청소기가 요란한 소리를 내며 돌아갔다. 사건의 흔적들이 지워지고 있었다. 해리는 마지막으로 미처 못 치운 파편이 있는지 매의 눈으로 샅샅이 살폈다. 해수가 다리를 꼬고 누나를 간절하게 쳐다봤다.

"다 됐어."

해리의 선언에 해수가 잽싸게 화장실로 달려갔다. 해리는 무장하고 있던 것들을 하나씩 벗었다. 운동화 바닥에 그릇 조각들이 박혀 있었다. 털어 볼까 하다가 쓰레기통에 휙 집어 던졌다. 귀찮기도 했고 새 운동화를 사고 싶던 참이었다. 다시 만나면 엄마가 이 정도는 사 주겠지 싶었다. 어차피 당장 신발 신을 일도 없을 테고.

해리는 깨끗해진 주방을 둘러보았다. 엄마도, 인터넷 검색도 없이 이 어려운 일을 혼자 해내다니!

"아얏!"

화장실에 다녀오던 해수가 발을 움켜잡고 주저앉았다. 빨간 피가 바닥에 뚝뚝 떨어졌다. 해리가 살펴보니 해수 발바닥에 작은 조각 하나가 박혀 있었다. 파편이 화장실 앞까지 튀었을 줄은 몰랐다. 해수는 피를 보고 놀라서 울기 시작했다. 해리도 어찌할 바를 몰랐다. 하지만 지금 동생을 챙길 수 있는 사람은 자기뿐이었다.

일단 서랍에서 소독약과 밴드, 그리고 핀셋을 찾아 왔다. 조각이 워낙 작아서 잘 보이지 않았다. 콩자반 한 알을 젓가락으로 집는다 생각하며 정신을 집중했다. 숨을 참은 채 핀셋으로 조각을 살그머니 집었다. 성공!

다행히 상처가 깊지 않았다. 꾹 눌러 지혈을 한 뒤 소독약을 발랐다. 마지막으로 사건의 문을 닫듯 밴드를 딱 붙였다. 그제야 해수가 딸꾹딸꾹하며 울음을 그쳤다.

"잘 됐어?"

"그럼, 병원 놀이 경력이 몇 년인데. 내가 치료한 인형만 한 트럭이야."

해수는 믿음직스러운 누나의 모습에 감동한 눈빛이었다.

"다 울었으면 설거지 마저 해."

훈훈한 분위기는 3초를 넘기지 못했다.

엄마도 호랑이도 없는 밤

밤이 깊었다. 창문이 사라졌으니 하늘을 볼 수는 없지만 시계 속 숫자가 밤이라고 말하고 있었다. 정말 기나긴 하루였다.

"안해수, 이제 잘 시간이니까 씻어."

"오늘 밖에도 안 나갔는데 양치만 하면 안 돼?"

엄마라면 어림도 없었을 것이다. 엄마는 위생에 예민했다. 집에 들어오면 손부터 씻기, 아무리 졸려도 반드시 샤워하고 자기. 두 가지가 엄마의 원칙이었다. 머리카락이나 옷에 바이러스가 얼마나 많이 묻어오는 줄 아느냐며. 해리는 엄마의 엄격함에 가끔 숨이 막힐 때가 있었다. 양치만 하자는 해수의 제안이 아주 마음에 들었지만 인상을 쓰며 마지못해 허락한다는 표정을 지어 보였다.

"알았어. 오늘만이야."

해수가 화장실로 들어갔다 다시 얼굴을 내밀더니 물었다.

"근데 누나……, 나 혼자 자?"

해수는 밤을 무서워해서 아직 엄마랑 같이 잔다. 해리는 자기 방에서 자긴 하지만 새벽에 깨면 후다닥 안방으로 달려가곤 했다. 아무래도 오늘은 둘 다 혼자 잠들기 힘들 것 같았다.

"같이 자자."

해수는 밝은 얼굴로 고개를 끄덕였다.

엄마가 없는 밤. 해리의 마음이 무겁게 내려앉았다.

해리와 해수는 불을 끄고 엄마 침대에 나란히 누웠다. 평소라면 커튼 사이로 달빛이 은은히 들어와서 잠들기에 딱 좋은 어둠이 깔렸을 텐데, 창문이 사라진 지금은 그저 캄캄하기만 했다. 까만 우주에 둘만 둥둥 떠 있는 느낌이었다.

해수는 몸을 잔뜩 움츠려 누나 옆으로 파고들었다. 해리는 해수가 작은 동물처럼 떨고 있는 것을 느꼈다.

"누나, 무서워. 불 켜고 자면 안 돼?"

해리는 군소리 없이 불을 켰다. 다시 누운 지 5분도 채 안 지났는데, 해수가 또 말을 시켰다.

"누나, 환하니까 잠이 안 와. 이야기 하나만 들려주라. 엄마는 자기 전에 옛날이야기 들려줬는데."

해리는 "귀찮은데 그냥 자."라는 말이 목구멍까지 올라왔지만

도로 삼켰다. 그러고는 어릴 때 엄마가 들려주던 이야기 하나를
끄집어냈다.

"옛날 옛날에 엄마와 오누이가 살았대……."

해와 달이 된 오누이 얘기였다. 오누이의 엄마는 떡을 팔러 갔
다가 산에서 호랑이를 만난다. "떡 하나 주면 안 잡아먹지."라는
호랑이의 말에 떡을 야금야금 다 빼앗기고 결국 죽임을 당한다.
호랑이는 오누이마저 잡아먹으려고 집으로 찾아온다. 호랑이
에게 쫓겨 나무 위로 도망친 오누이는 하늘에 기도한다. "저희
를 죽이시려거든 썩은 동아줄을 내려 주시고 살리시려거든 성
한 동아줄을 내려 주세요." 오누이는 튼튼한 동아줄을 타고 하
늘로 올라가 해님과 달님이 된다. 호랑이는 썩은 동아줄을 잡고
올라가다 떨어져 버린다.

어렸을 때는 몰랐는데 동생에게 들려주다 보니 참 잔인한 이
야기였다. 딱히 해피엔딩도 아닌 것 같고.

'오누이는 해님과 달님이 되고 싶었을까? 서로 만나지도 못하
는데. 가만, 하늘로 올라갔다는 건 결국 죽었다는 뜻 아니야? 이
거 알고 보니 장르가 호러네.'

아니나 다를까, 해수는 이야기가 끝나자 작게 속삭였다.

"더 무서워……."

"뭐가 무서워?"

"호랑이가 잡아먹을까 봐."

해리는 짐짓 아무렇지 않은 척 말했다.

"생각해 봐. 지금 집에는 문이 없잖아. 호랑이든 도둑이든 아무도 못 들어와. 아주 안전하다고."

해수는 누나의 말이 그럴듯하게 들렸다. 해리가 당당하게 말을 이었다.

"우리는 집 안에서 잘 지내면 되는 거야. 누군가 구해 주러 올 때까지."

그때, 끝방에서 아이튜브 알림음이 울렸다.

해리와 해수는 침대에서 후다닥 일어나 달려갔다. 옷걸이 꼭대기에 매달린 해수의 휴대폰에서 불이 반짝이고 있었다. 엄마가 올린 영상이었다! 제목은 '해님들을 위한 자장가'. 엄마는 해리와 해수를 해님들이라 부르곤 했다.

선화는 해가 지자 마음이 타 들어갔다. 경찰이 수사를 시작했지만 하루 종일 별다른 성과가 없었다. 무슨 진척이 없는지 묻고 또 묻는 선화에게 경찰이 안쓰러운 얼굴로 말했다.

"휴대폰이랑 인터넷은 집에서 사용하는 것으로 나오고, 엘리베이터나 아파트 CCTV에도 아이들 모습은 없네요. 외부인 침입 흔적도 없고요. 아이튜브 영상들은 분석 중입니다. 이웃 주민들과 친구들도 곧 만나 볼 겁니다. 중요한 단서 나오면 꼭 알려 드릴게요."

경찰이 잠시 말을 멈추더니 팔짱을 끼며 물었다.

"혹시나 해서 그러는데요, 다른 사람 명의로 된 휴대폰 쓰는 거 없으시죠?"

"네? 없어요……."

"음…… 일단 알겠습니다."

경찰은 짧게 인사를 하고 나갔다.

선화는 경찰이 자신에게 의심의 눈초리를 보내고 있다는 사실을 알아챘다. 아이들이 하루아침에 감쪽같이 사라졌으니, 어찌 보면 당연했다. 선화는 닫힌 현관문을 멍하니 바라보았다.

'정말 아이들은 집 안에 갇혀 있는 걸까? 내가 그냥 악몽을 꾸고 있는 건 아닐까?'

그러다 문득 시계를 보았다. 밤 10시였다. 아이들이 잠들 시간. 단 하루도 아이들끼리만 밤을 지내 본 적이 없었다. 수십 번도 더 걸었던 전화를 다시 걸어 보았지만 여전히 둘 다 받지 않았다.

'그렇지, 아이튜브!'

해수의 아이튜브 계정은 선화의 것이라 아이디와 비밀번호를 알고 있었다. 선화는 안했슈 TV에 영상을 올리기로 했다. 아이들이 불안해하지 않도록 거울을 보며 애써 웃는 표정을 지어 보았다.

📹

(선화, 얼굴을 비춘다) 해님들, 이제 잘 시간이야. 엄마가 오늘 밤이 되기 전에 꼭 찾고 싶었는데……. 여기 보이지? 우리 집이고, 엄마 침대야. 우리는 같은 공간에 있어. 그러니까 엄마가 마음으로 안아

주는 걸 느낄 수 있을 거야.

해수, 혹시 또 귀신 무섭다는 거 아니지? 엄마 말 기억해? 살아 있는 것은 항상 죽은 것보다 힘이 세. 우리가 귀신보다 강해. 걱정하지 말고 푹 자. 엄마가 많이 사랑해. (자장가를 흥얼거린다)

해리와 해수는 엄마가 올린 동영상을 다운받느라 두어 시간을 꼬박 기다렸다. 드디어 엄마의 자장가 소리가 방 안에 울려 퍼졌다.

눈꺼풀이 무거웠던 해수는 엄마의 얼굴과 목소리가 담긴 휴대폰을 끌어안고 잠이 들었다. 해리는 조용히 불을 껐다. 그리고 잠들기 직전 어둠 속에서 가만히 기도했다.

"우리를 살리시려거든…… 문을 내려 주세요."

달걀프라이 대신 병아리

해리와 해수는 알람 소리에 잠이 깼다. 어김없이 아침은 왔다. 문은 사라져도 지구는 계속 도는 모양이었다.

시계를 보지 않으면 지금이 아침인지 저녁인지도 알 수 없었다. 학교는 안 가도 밥은 먹어야 했다. 둘은 세수를 생략하고 주방으로 갔다.

"나, 달걀프라이 먹고 싶은데."

해수가 누나 눈치를 슬쩍 보며 말했다.

해리는 라면 끓이다가 불낼 뻔한 일이 떠올라 망설여졌다. 그래도 신경 쓰고 조심하면 괜찮을 것도 같았다.

"그 정도는 쉽지."

냉장고에서 달걀을 꺼내고 가스레인지 위에 프라이팬을 올렸다. 그리고 식탁에 멍하게 앉은 해수를 힐끗 돌아보았다.

"이건 영상 안 찍어?"

"어, 그건 쉽다면서. 그럼 재미없어."

해리는 약간 실망했다. 영상을 찍기 전에 얼른 립밤이라도 찾아 바르려던 참이었다. 아쉬운 마음을 감추며 가스레인지 불을 켰다. 이번에는 중간 밸브도 잊지 않았다. 기름은 어느 정도가 적당한지 모르겠어서 프라이팬에 잔뜩 둘렀다. 그 위에 달걀을 톡톡 깨뜨리자 지글지글 소리가 나며 기름이 사방으로 튀었다.

"앗, 뜨거워."

기름 피하랴 팬 안에 떨어진 달걀 껍데기 빼내랴 소금 치랴 정신이 없었다. 뒤집개로 뒤집자 달걀프라이가 너덜너덜 찢어졌다. 한바탕 난리를 치렀지만 어쨌든 완성되었다.

해리는 의기양양하게 달걀프라이를 접시에 담아 건넸다. 해수

가 허겁지겁 한 입 먹더니 미묘한 표정을 지었다.

"짜고 기름져. 껍데기도 씹혀."

"그럼 먹지 마."

해리가 접시를 뺏으려 하자 해수가 젓가락으로 막아섰다.

"그래도 맛있어."

해리는 못 이기는 척 접시를 다시 내려놓았다. 달걀프라이를 날름 먹어 치운 해수가 무슨 생각이 났는지 눈을 빛냈다.

"누나, 이거…… 진짜 병아리가 될 수 있는 달걀이랬지? 엄마가 그랬잖아, 그래서 더 비싸다고."

"응, 근데 왜?"

"우리 몇 개만 부화시킬까? 닭이 될 때까지 잘 키워서 나중에 치킨……."

"야!"

"아니, 그냥 키우는 거야. 달걀을 낳아 줄 수도 있잖아."

엄마라면 절대 안 된다고 했겠지만, 귀여운 병아리의 모습을 떠올리니 해리도 마음이 끌렸다. 무엇보다 예전부터 병아리를 키워 보고 싶었다. 언제 구조될지 모르니까 대책을 세웠다고 하면 좋은 핑곗거리가 될 것 같았다.

"알아서 해. 부화시키려면 이불로 따뜻하게 감싸 줘야 되는 건 알지? 빛도 계속 비춰 주고."

해수는 신이 났다.

"알았어! 당장 해 보자!"

📹

안했슈 TV의 안해수입니다. 구독자 여러분 중에 어른 없는 집에서 자 본 어린이 있나요? 제가 그 어려운 걸 해냈습니다. 절대 무섭다고 울고불고 안 했슈!

아침에 누나가 달걀프라이를 해 줬는데 생각해 보니 이게…… 누나, 뭐랬지? (해리가 유정란이라고 속삭인다) 유정란이더라고요. 지금은 식량이 충분하지만 언제 구조될지 모르니까 미래를 대비해야 하지 않겠습니까? 그래서! 집에 있는 달걀 중에 세 알을 부화시켜 보려고 합니다.

학습만화책을 보니까 방법이 나오더라구요. (해리가 테이프로 박스를 단단히 고정한다) 이렇게 택배 박스로 부화방을 만들어 주겠습니다. 이 담요는 제가 어릴 때 덮었던 낮잠 이불인데요, 이 녀석들에게 물려주려고요. (담요를 접어 박스 안에 넣는다) 이제 포근한 집이 완성되었습니다. (스탠드 불을 켠다) 부화가 되려면 따뜻해야 한다고 해서 난방도 올리고 가습기도 켜 두었어요.

자, 그럼 달걀을 부화방에 넣어 볼게요. (달걀을 하나씩 조심스레 집어넣는다) 부화에는 3주가 걸린다고 하니 좀 기다려야 할 것 같습

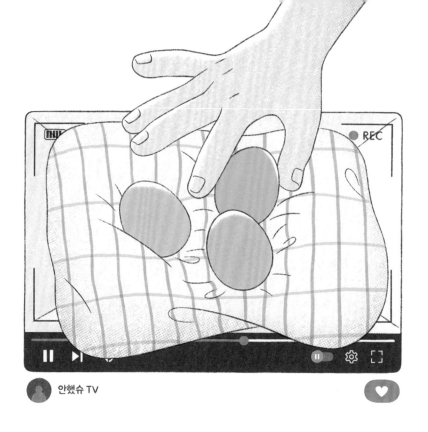

안했슈 TV

니다. 빨리 병아리가 태어났으면 좋겠네요. 여러분도 그렇다고요?
안했슈 TV 구독, 좋아요, 알림 설정까지!

쭈니: 너 집에 갇힌 거 실화야?

ㄴ 안했슈: ㅇㅇ

해수의 친구이자 안했슈 TV 구독자 준이가 열심히 소문낸 덕
분에 해수와 해리의 초등학교 아이들은 거의 다 안했슈 TV를

알게 되었다. 해수와 해리가 왜 학교에 안 나오는지 궁금해하던 친구들이 너도나도 찾아와 댓글을 달았다.

삼사 일 지나자 지역 맘카페에도 실종된 남매의 안타까운 사연이라며 글이 올라와서 엄마들의 눈물 어린 관심을 받았다.

소문은 빠르게 퍼져 얼마 지나지 않아 인터넷 기사까지 나왔다. 수많은 네티즌들이 몰려와 걱정과 응원, 불신과 비방의 댓글을 쏟아 냈고, 안했슈 TV에 구독과 좋아요를 눌렀다.

일주일쯤 지나고 나니 안했슈 TV는 아주아주 유명해졌다.

🔘 **미소천사**: 해리야, 이거 진짜야? 제발 장난이라고 말해 줘. ㅠㅠ

🔘 **박플러**: 딱 보니 주작. 저기 세트장임.

🔘 **한푼줍쇼**: 부모가 악질이네. 조회 수로 돈 벌려고 꾸민 일이구만.

🔘 **토깽이맘**: 얘들아, 힘내! 꼭 너희를 찾을 거야!

🔘 **맹탐정**: 충격 실화! 저 아이들은 이미 죽었고, 이건 과거의 영상이다.

🔘 **이철**: 해수야, 너희 집 앞에 가 봤는데 문 있던데?

해수와 해리는 급격히 늘어나는 조회 수와 댓글들을 보며 깜짝 놀랐다. 마치 특별한 인물이 된 것 같아 약간 우쭐하기도 했다. 그런데 응원하는 사람만큼 문이 사라진 걸 못 믿는 사람들이 너무 많았다.

해수가 휴대폰을 들여다보다 물었다.

"누나, 주작이 뭐야?"

해리가 못마땅한 얼굴로 답했다.

"거짓으로 지어내는 거."

해수가 자리에서 벌떡 일어나며 소리쳤다.

"문 사라진 거 진짜잖아! 억울해."

"마음대로 생각하라지. 신경 쓰지 마."

말은 그렇게 했지만 해리도 답답한 건 마찬가지였다. 처음엔 일일이 해명 댓글을 달까 생각했지만 인터넷이 너무 느려서 무리였다. 댓글 하나를 올리는 데 어떤 때는 몇 시간씩 걸렸다. 그런데 어느 순간 엄마의 댓글이 전사처럼 등장했다.

🟠 **해바라기**: 해리, 해수 엄마입니다. 경찰이 최선을 다해 수사 중이고, 저도 백방으로 아이들을 찾고 있습니다. 근거 없는 비방으로 아이들을 힘들게 하지 마세요. 부탁합니다.

선화는 악플이 올라오는 족족 신고하고 삭제했다. 안했슈 TV 계정을 비공개로 할까도 싶었지만, 세상과 아이들의 유일한 연결 통로라 그럴 수 없었다. 엄마가 안아 줄 수 없는 곳에서 해리와 해수가 상처받지 않기만을 간절히 바랐다.

경찰의 수사는 계속 제자리를 맴돌았다. 안했슈 TV 영상에서는 조작이나 편집의 흔적을 찾을 수 없었다. 담당 형사는 기다리라고 했지만 선화는 가만히 있을 수가 없었다. 먼저 아파트 관리실부터 찾아가서 CCTV를 보여 달라고 사정했다.

"큰일 날 소리. 요즘은 사생활 보호 때문에 함부로 못 보여 줘요. 이미 경찰이 조사한다고 다 복사해 갔다니까요."

"그래도 어떻게 안 될까요?"

"사정은 안타깝지만, 이러시면 저희도 곤란해요."

관리실 직원의 단호한 태도에 선화는 어쩔 수 없이 발길을 돌렸다.

선화는 해리와 해수의 친구들에게도 몇 번이고 찾아가서 물었다.

"미소야, 해리가 너한테 무슨 얘기한 거 없어? 모르는 사람이 연락해 온다든지……."

"준이야, 해수랑 마지막으로 연락한 게 언제랬지?"

어디서도 아이들의 흔적은 발견할 수 없었다.

'혹시 납치된 거면 어떡하지? 범인이 해리, 해수인 척하고 댓글 달고 있는 거면? 영상들은 미리 찍어 둔 거고……'

꼬리에 꼬리를 물고 생각에 빠져들다 보면 아이들을 영영 못 보게 되는 결말로 자꾸 떠밀렸다. 선화는 고개를 세차게 흔들어서 불길한 생각들을 몰아냈다. 희망을 잃으면 모든 것을 잃는 것이다.

금 나와라, 뚝딱!

해리와 해수에게 하루는 길었다. 날마다 점점 더 길어지는 것 같았다. 휴대폰은 물론 게임도 못 하고, TV도 못 보는 데다, 도서관이나 놀이터에 갈 수도 없었다.

해수는 유치원 때 가지고 놀던 블록, 퍼즐, 로봇까지 온갖 장난감들을 다 끄집어냈다. 하지만 혼자 노는 건 도무지 흥이 나지 않았다. 누나에게 같이 놀자고 졸라 봤지만 장난감은 시시하다며 쳐다보지도 않았다. 해수는 준이랑 로봇 배틀을 할 때 얼마나 재미있었는지를 떠올리며 한숨을 푹 쉬었다.

이번에는 해리가 해수에게 같이 슬라임을 하자고 했지만, 해수는 진득하게 들러붙는 촉감이 싫다며 손을 내저었다. 해리도 혼자서는 그다지 재미가 없었다. 뭐니 뭐니 해도 친구들과 수다 떨며 만드는 슬라임이 최고인데.

해리와 해수는 차라리 학교에 가고 싶었다.

달걀은 지루한 일상 속 유일한 기대이자 희망이었다. 끝방은 이제 부화방 차지가 되었다. 해수는 하루에도 몇 번씩 알을 돌려 주었다. 빛이 골고루 닿아야 한다고 핑계를 댔지만 사실은 그냥 보고 싶은 거였다.

"병아리 멀미 나겠다."

해리는 핀잔을 주면서도 해수가 안 볼 때면 자기도 슬쩍 알을 돌려놓곤 했다.

하루는 심심함에 지친 해수가 아이튜브를 보고야 말겠다며 끝방에 들어섰다. 끝방에 온 김에 알을 돌려 주고 의자에 올라서서 휴대폰을 요리조리 움직여 보았다. 와이파이가 자꾸 끊겨 로딩만 되다가 멈췄지만 포기하지 않았다. 팔이 저리고 이마에서 땀이 뚝뚝 떨어졌다.

"그렇게 공부를 해 봐라."

해리가 한심하다는 듯 한마디 툭 던졌다. 엄마가 자주 하던 말이었다.

"치, 자기도 안 하면서."

해수가 투덜대며 의자에서 내려왔다. 그리고 알을 다시 한 번 돌려놓더니 축 처진 어깨로 방에서 나갔다.

해리는 해수가 사라진 것을 확인한 후 옷걸이 위 해수의 휴대폰을 자신의 휴대폰으로 부리나케 바꿔 걸었다. 아이쁘의 신곡 안무 배우기 영상을 다운받아야 했다. 친구들과 땀 흘리며 춤 연습을 하던 기억이 떠올랐다.

'이번엔 내가 센터 맡기로 했는데. 나 없다고 지민이가 꿰찼겠지? 미소는 여전히 춤 동작을 반대로 할 테고. 담에 만나면 '거울모드'라고 별명을 지어 줘야겠어. 윤서는 갖고 싶다던 크롭티 샀을까?'

생각하다 보니 자기도 모르게 눈물이 핑 돌았다. 자주 투닥거리던 친구들이지만 일주일 넘게 못 보니 그리웠다.

그때 안방에서 해수의 들뜬 목소리가 들려왔다.

"와, 대박! 우리 집에 금은보화 엄청 많아!"

해리는 눈물 자국을 소매로 쓱 닦고서 안방으로 갔다. 해수가 엄마의 화장대 서랍을 뒤지고 있었다.

"안했슈, 너 또 뭐 하냐?"

서랍 안쪽에서 엄마가 액세서리를 모아 둔 상자를 발견한 모양이었다. 해리도 처음 보는 것이었다. 둘은 상자를 꺼내 바닥에 온갖 금붙이를 늘어놓았다. 백일반지, 돌반지, 목걸이 등이 금빛으로 번쩍번쩍 빛났다.

"누나, 이거 진짜 다이아몬드야?"

해수가 엄마의 결혼반지에 박힌 좁쌀만 한 보석을 들여다보며 물었다. 엄마는 손가락이 굵어져 안 들어간다며 결혼반지를

빼 놓은 지 오래였다.

"진짜일 리가 있냐? 다이아몬드가 세상에서 제일 비싼 보석인데. 우리 집은 그렇게 부자 아니야."

"다이아몬드면 벽도 뚫을 수 있을 텐데. 학습만화책에서 다이아몬드가 지구에서 가장 단단한 광물이랬어."

해수가 아쉽다는 듯 반지를 한 바퀴 돌려 보았다. 해리는 상자 구석에서 엄마의 것과 똑같이 생긴 아빠의 결혼반지를 발견했다. 엄지에 껴 보았는데도 헐렁했다. 아빠의 넉넉하게 큰 손이 떠올랐다. 마음이 찡해지려는데, 해수가 호들갑스럽게 소리쳤다.

"누나, 우리 '금 나와라, 뚝딱' 하자! 진짜 보물로 보물찾기하는 거야!"

'금 나와라, 뚝딱'은 해수와 해리가 어렸을 적 자주 하던 놀이였다. 둘이 번갈아서 물건을 숨기고, 제한 시간 동안 더 많이 찾는 사람이 이긴다. 하나 찾을 때마다 "금 나와라, 뚝딱!" 외치는 게 규칙이었다. 해리는 유치하고 귀찮아서 하기 싫었다. 열두 살이나 되어서 동생이랑 보물찾기라니. 안 한다고 하려는 찰나, 해수가 말했다.

"이긴 사람이 라면땅 먹기!"

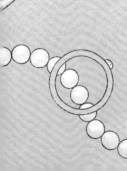

아끼고 아껴 둔 라면땅 한 봉지를 혼자 다 먹을 수

있다고? 그렇다면 그깟 보물찾기, 백 번
이라도 할 수 있다.

"좋아! 한 입만 달라고 구걸하기 없기!"

둘은 오랜만에 신이 나서 방방 뛰었다.

그리하여 라면땅을 건 세기의 대결이 시작되었다.
각자 다섯 개씩 숨기고, 10분 안에 더 많이 찾는 사람이 이기는
걸로 했다. 보물을 발견만 하면 되는 것이 아니라 찾아서 들고
와야 인정이다.

먼저 해리가 보물들을 숨겼다. 해수는 온 집 안을 샅샅이 뒤
졌다. 고린내 나는 신발 속 목걸이, 높은 책장 위 귀걸이, 심지어
쓰레기통에 숨긴 팔찌와 반지도 서슴없이 찾아냈다. 함께 논 세
월이 길다 보니 누나의 마음을 읽는 건 누워서 떡 먹기였다.

해수는 누나가 숨긴 다섯 개 중 네 개를 찾았다. 금 나와라,
뚝딱!

다음은 해수가 숨기고 해리가 찾을 차례.

해리 역시 다섯 개 중에 네 개까
지는 어렵지 않게 착착 찾았
다. 이제 한 개만 더 찾으면
라면땅은 해리의 차지다.

해리는 화장실을 둘러

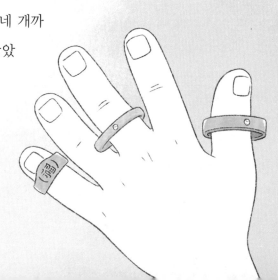

보다가 문득 천장에 눈길이 갔다. 화장실 천장에는 도무지 용도를 알 수 없는 정체불명의 네모난 것이 있었다. 그곳을 보면 항상 이유 없이 무서운 마음이 들곤 했었다.

으스스한 생각을 떨치려고 고개를 돌렸다. 그때 뚜껑이 내려진 변기에 시선이 꽂혔다. 누나 뒤를 졸졸 따라다니던 해수의 얼굴이 새파래졌다.

오호라! 해리는 의미심장한 미소를 띠며 변기 뚜껑을 확 열어젖혔다. 아빠의 반지가 변기 바닥에 다소곳이 가라앉아 있었다. 당장 꺼내고 싶었지만 차마 변기 안에 손을 집어넣을 순 없었다. 해리의 망설임을 눈치챈 해수가 깐족거리기 시작했다.

"내가 아까 여기다 똥 쌌어."

주변을 둘러보던 해리가 고무장갑을 집어 들었다.

"자, 1분 남았습니다. 59, 58, 57……."

해리는 마음이 급해 오른손에 왼쪽 고무장갑을 끼고 말았다. 허겁지겁 바꿔 끼느라 시간이 지체되었다.

"19, 18, 17……."

해수는 누나가 성공할까 봐 입이 바짝 타들어 갔다. 해리가 고무장갑 낀 손을 변기 안으로 집어넣었다.

"금 나와라……."

"안 돼!"

변기 물이 폭포처럼 쏴아 내려갔다. 해리는 무슨 일이 벌어진 건지 어리둥절했다. 고개를 들어 보니 해수가 의기양양하게 변기의 물 내림 버튼을 누르고 있었다. 한바탕 물이 휩쓸고 간 자리에 더 이상 반지는 없었다.

"안해리, 타임아웃!"

해수가 신나게 외쳤다.

"찾은 보물이 똑같이 네 개니까 비겼습니다! 라면땅은 나눠 먹기!"

해리는 얼빠진 얼굴로 변기를 바라보다가 주저앉아 울기 시작했다.

"에이, 누나, 라면땅이 그렇게 먹고 싶었어?"

당황한 해수가 멋쩍게 말을 걸었다. 해리는 더 크게 목 놓아 울었다. 해수는 한참 만에야 자신이 무슨 짓을 저질렀는지 깨달았다. 아빠의 반지는 영원히 사라졌다. 지금쯤 똥 속에 파묻혀 있을 것이다.

"진짜 다이아몬드가 아니라서 다행이지 뭐야……."

해수가 눈치를 보며 조그맣게 중얼거렸다.

집구석 방 탈출

📹

재난방송 안했슈 TV의 안해수입니다. 집에서 조난당한 지 열흘이 지났는데요, 밖에서는 아직도 저희를 못 찾고 있습니다. 그냥 집에서 자고 일어났을 뿐인데 무슨 일이 벌어진 걸까요? 누나랑 생각을 해 봤습니다.

(스케치북을 펼쳐 보인다) 첫째, 우리는 죽었고 여기는 저승이다.

밤에 불이 났습니다. 잠든 사이에 벌어진 일이라 누나랑 저는 몰랐습니다. 사람들은 우리가 불쌍해서 관을 집이랑 똑같이 꾸며 주었습니다. 말하자면 이곳은 저승이고, 집은 관입니다. 이승의 와이파이가 잡혀서 겨우겨우 영상을 올리고 있지만 누나와 저는 귀신인 겁니다. 오싹하죠?

(스케치북을 다음 장으로 넘긴다) 둘째, 외계인에게 납치당했다.

외계인이 저랑 누나를 애완용으로 키우려고 납치했습니다. 들키지 않으려고 집이랑 똑같이 생긴 우주선을 만든 거죠. 현관문이랑 창문은 없지만요.

(다음 장으로 넘긴다) 셋째, 방 탈출 서바이벌 깜짝 카메라다.

방송국에서 예능 프로그램을 찍고 있습니다. 초등학생 남매가 문 없는 집에서 탈출하는 리얼리티 서바이벌 게임 같은 거죠. 저는 이게 제일 맘에 드네요. (스케치북을 덮는다)

구독자 여러분, 우리는 과연 탈출할 수 있을까요? 어떻게 하면 나갈 수 있을지, 지혜를 마구마구 나눠 주세요!

댓글 달기 했슈, 안 했슈? 안했슈 TV 구독, 좋아요, 알림 설정까지!

🔵 쭈니: 글씨 진짜 못 쓰네. 메롱.

⚪ 홍언니: 희망을 잃지 말고 씩씩하게 버텨 줘.

⚫ 노발대발: 귀신은 발이 없다.

🔵 헐크: 망치를 들어!! 벽을 부숴!!!

   ↳ 🔵 이웃집토토르: 망치는 토르가 전문가 아닙니까?

🟠 해바라기: 해님들, 걱정하지 마. 엄마가 꼭 찾아낼 거야.

⚫ 박플러: 넷째, 주작이다.

⚫ 조선왕조실록홈즈: 비밀의 책을 누르면 책장이 돌아가며 문이 나올지도?

🔵 나니아: 옷장 문을 열고 들어가 보세요.

🔴 아이쁘짱: 아이쁘 언니들 신곡 많이 사랑해 주세요 *^^*

🔵 **마태**: 문을 두드려라. 그리하면 열릴 것이니.

해리와 해수는 댓글을 하나하나 꼼꼼히 읽었다. 누가 좋은 탈출 방법을 알려 주길 기대하면서. 귀신은 발이 없다기에 자기도 모르게 발을 내려다보았다. 아직 귀신은 아닌 것 같아서 안심했다. 옷장 문이란 문은 다 열어 보았다. 책도 한 권씩 모조리 눌러 보았다. 설마 했지만 역시나 아무 일도 일어나지 않았다. 결국 해수가 공구함에서 망치를 찾아왔다. 절박한 상황이지만 해리는 망설여졌다.

"벽 부수다가 아파트 무너지면 어떡해."

"안 무너져. 게임에서 해 봤어."

해수가 망치를 벽에 힘껏 내리꽂았다. 벽지만 조금 까졌을 뿐 부수는 건 어림도 없었다. 연거푸 내리치려는 걸 해리가 말렸다.

"벽이 떨어지면 밑에 지나가는 사람이 다칠 수도 있어."

해수가 망치를 내려놓았다.

"그럼…… 숟가락으로 벽에 구멍을 뚫어 볼까? 감옥 탈출하는 영화에서 그렇게 성공하잖아."

"우리는 숟가락보다 더 좋은 게 있지."

해리는 공구함에서 펜치, 송곳, 니퍼를 꺼냈다. 둘은 목장갑을 끼고 거실 벽 앞에 나란히 앉았다.

"일단 작은 구멍만 내면 'SOS'라고 적은 쪽지를 밖으로 던질 수 있을 거야."

"오! 누나 천재인데?"

둘은 벽을 파기 시작했다. 땀이 뻘뻘 나고 손가락 끝이 아파 왔지만 구멍은커녕 벽이 지저분해졌을 뿐이었다.

"영화에서는 얼마나 걸렸었지?"

"글쎄…… 10년?"

결국 해리와 해수는 공구를 집어던지고 소파에 탈싹 기대어 앉았다. 한동안 침묵이 흘렀다.

해수가 갑자기 눈을 빛내며 말했다.

"엄청 시끄럽게 해 볼까? 그럼 엄마가 우리 위치를 알아낼 수 있을지도 모르잖아."

"아랫집 할아버지, 또 경찰에 신고한다고 난리 날 텐데."

"어차피 우리는 경찰에 신고되어 있는데, 뭐!"

해리와 해수가 동시에 벌떡 일어났다. 해수는 주방에서 냄비, 프라이팬, 국자 같은 것들을 잔뜩 가져왔다. 해리는 방에서 휴대폰을 챙겨 왔다. 음악을 막 틀려던 그때,

"잠깐!"

해수가 얼른 달려가 끝방 문을 닫고 왔다.

"알들이 시끄러울까 봐. 자, 이제 시작!"

해리의 휴대폰에서 아이쁘 노래가 흘러나왔다. 음량을 최대치로 높이자 흥겨운 댄스 음악이 집 안을 가득 채웠다. 해수는 프라이팬을 기타처럼 들고 소리를 질렀다. 국자로 냄비들을 사정없이 두드리기도 했다. 해리도 목청껏 노래를 따라 부르며 이리 뛰고 저리 뛰었다. 사방이 막혀 있으니 동굴처럼 소리가 울려 퍼졌다. 순식간에 집이 열광적인 콘서트장으로 변했다.

해리와 해수는 아기 때부터 아파트에 살았다. 조금만 크게 말해도 곧장 조용히 하라는 말이 날아왔고, 복도에서 뛰거나 소파에서 뛰어내리면 엄마가 기겁을 했다. 아랫집 할아버지한테서 발 망치 소리가 난다는 불평을 듣고부터는 까치발로 다녀야 했다. 음악을 틀고 춤추는 건 절대 있을 수 없는 일이었다. 지금은 재난 상황이고, 이건 구조 요청이니까 괜찮을 것 같았다. 해리와 해수는 마음껏 날뛰고 시끄럽게 소리 지르며 묘한 해방감을 느꼈다.

둘은 한바탕 놀고 기진맥진해서 드러누웠다. 이제는 노래가 시끄럽게 느껴져서 껐다. 집 안은 다시 적막해졌다. 쿵쿵 울리던 심장 소리도 잦아들었다.

둘은 특공대가 벽을 부수고 들어오는 장면을 상상했다. 엄마가 뒤따라 들어와 꼭 껴안아 주는 모습이 잇따라 그려졌다. 포근한 엄마 품을 떠올리니 마음이 붕 뜨는 것 같았다.

하지만 아무 일도 일어나지 않았다. 하다못해 아랫집 할아버지가 올라오거나 관리실에서 인터폰이 오는 일도 없었다.

해리가 시무룩하게 말했다.

"밥이나 먹자."

해수도 체념한 듯 중얼거렸다.

"여러분은 방 탈출에 실패하셨습니다."

선화는 오늘도 경찰서며 학교, 학원, 동네 구석구석까지 뱅뱅 돌다가 해가 져서야 집으로 돌아왔다. 현관문에는 광고지와 함께 쪽지 한 장이 붙어 있었다. 마구 갈겨 쓴 글씨는 화가 많이 나 보였다.

미쳤소? 엔간히 좀 합시다!

한 번만 더 시끄럽게 뛰면 진짜 경찰에 신고하겠소!

아랫집 할아버지가 분명했지만 영문 모를 쪽지에 신경 쓸 기분이 아니었다. 선화는 문에 붙은 것들을 떼어 내 쓰레기통에 던져 넣었다.

벽을 넘나드는 고양이

탈출 시도와 구조 요청에 실패한 후 해수와 해리는 부쩍 말수가 줄었다. 집 안에만 있으면서도 식욕이 왕성하던 해수가 언제부턴가 밥을 남기기 시작했다. 해리는 그렇게 좋아하던 아이쁘 노래가 듣기 싫어졌다. 그냥 누워만 있고 싶었다. 아이튜브도 매번 업로드나 댓글 보기에 성공하는 게 아니라서 점점 지쳐 갔다.

알을 돌보는 것이 둘의 유일한 기쁨이었다. 전등에 이상이 없는지 점검하고, 온도를 체크하고, 알을 돌려 주고, 이불을 잘 덮어 주는 일을 틈만 나면 반복했다. 둘은 태어날 병아리들이 암평아리일지 수평아리일지, 색깔은 노랑일지 깜장일지, 그런 시시콜콜한 것들을 매일 다르게 추측해 보곤 했다.

특히 해수는 움직이지도 않는 알을 지켜보는 게 뭐가 그리 재미있는지 몇 시간씩 끝방에 틀어박혀 있었다. 그러다 한 번씩 소리쳐 해리를 불렀다.

"누나, 알이 방금 움직인 것 같아!"

하지만 알들은 항상 그 자리에 그대로 있었다.

처음엔 놀라서 뛰어오던 해리도 이제 그러려니 했다. 하루는 끝방에서 말소리가 들리길래 가 보니, 해수가 알에 대고 소곤소곤 속삭이는 중이었다.

"알아, 너는 참 동그랗고 예뻐. 반짝반짝 빛도 나."

"너 뭐 하냐?"

해리가 어처구니없다는 듯 물었다.

"엄마가 나 임신했을 때 매일 예쁘다, 사랑한다, 좋은 말만 해 줬대. 그래서 내가 이렇게 건강하고 예쁘게 태어난 거래. 알들은 품어 주는 엄마가 없으니까 내가 대신 말해 줘야지. 희박한 세상이니까 좋은 말 들려줄 거야."

"각박한 세상."

해리는 해수의 틀린 말을 퉁명스럽게 지적했다. 그러면서 속으로는 '좋은 말……' 하고 되새겼다. 가끔은 해수가 누나인 자기보다 어른스러울 때가 있었다.

해수는 알에게 좋은 말을 해 줄 때마다 엄마가 너무 보고 싶었다. 퇴근하고 온 엄마에게 두 팔 벌려 안기기, 엄마 뒤를 졸졸 따라다니며 학교에서 있었던 일 말하기, 엄마가 해 준 떡볶이 먹기, 엄마랑 볼 비비며 잠들기…… 그 모든 일상들이 그리웠다.

선생님이랑 친구들도 보고 싶었다. 학교 앞 문구점도 기웃거리고 싶고 준이, 철이, 민지랑 놀이터에서 지옥탈출도 하고 싶었다. 아파트에 사는 고양이 삼총사 오렌지, 가지, 초코도 궁금했다. 해수는 끝방에서 혼자 쪼그리고 앉아 한참을 훌쩍거렸다.

"야옹."

해수가 화들짝 놀라 고개를 들었다. 처음 보는 고양이 한 마리가 눈앞에 앉아 있었다. 해수는 잘못 보았나 싶어 얼른 손등으로 눈물을 훔쳤다.

'고양이가 갑자기 어디서 나타난 거지?'

해수가 손을 내밀자 고양이가 슬금슬금 다가와 부드럽게 핥았다. 마치 눈물을 닦아 주는 것 같았다.

📹

안했슈 TV의 안해수입니다. 오늘은 저의 새로운 친구를 소개해 드리려고 합니다. 짜잔! 착한 사람 눈에만 보이는 고양이입니다. 참고로 누나 눈에는 안 보입니다.

이 녀석은 날씨에 따라 몸 색깔이 바뀌는데요, 오늘은 노란색이네요. 그래서 얼핏 보면 덩치 큰 병아리 같기도 합니다. 바깥은 지금 햇빛이 쨍쨍한가 봐요. 맞나요?

알을 탐내지 않을까 걱정했는데 다행히 채식 고양이입니다. 배가

고프면 밖으로 나가서 사냥을 합니다. 아파트 정원에 사는 풀 귀신을 뜯어 먹거나 나뭇잎 몬스터를 잡아먹습니다.

아, 문이 없는데 어떻게 나가냐고요? 이 녀석에게 벽을 통과하는 것쯤은 식은 죽 먹기입니다.

고양이 이름 짓는 건 아직 안 했슈!

어떤 이름이 좋을지 댓글 달아 주세요. 참고로 누나랑 제가 '해' 자 돌림이라 이름에 '해'가 들어가면 좋겠어요. 그럼 많관부!

안했슈 TV, 구독, 좋아요, 알림 설정까지!

🔵 쮸니: 해라클레스.

⚪ 마르다김선생: 멋진 고양이 친구가 생겼네~ 해수야, 선생님이 늘 기도하고 있어.

⚫ 댕댕이맘: 해피. 너무 강아지 이름 같나?

⚪ 박플러: 날씨 맑은 건 어찌 알았음? 주작.

🔴 동해식당: 해산물. 고양이는 생선을 좋아하니까.

　ㄴ, 🔵 산촌식당: 채식주의라잖아요.

⚫ 명탐정조난: 해결사!

⚪ 마이클조난: 해볼테냥.

　ㄴ, 🔵 안했슈: ㅋㅋㅋ 이걸로 할게요! 고맙습니다!

🟠 해바라기: 고양이가 너희 있는 곳을 알려 주면 좋을 텐데. 우리 해님들,

오늘도 파이팅! ^^

해수는 하루종일 해볼테냥과 놀았다. 해볼테냥
을 따라 거실을 네 발로 뛰어다니기도 하고, 엉덩
이를 흔들며 살랑살랑 걷기도 했다. 손에 침
을 묻혀 고양이 세수를 하기도 했는데, 그때
마다 해리가 더럽다고 인상을 썼다. 해수는
점점 고양이를 닮아 가는 것 같았다.

해수는 해볼테냥 핑계를 대며 신나게 말썽
을 부리고 다녔다. 캣타워를 만든다고 책장의
책들을 다 꺼내 쌓아 두었다. 해볼테냥 침대를
만들기 위해 서랍장의 옷들을 모조리 끄집어내
기도 했다. 나뭇잎 몬스터를 찾는다며 화분의
흙을 마구 헤쳐 놓고 멀쩡한 나뭇잎을 죄다 뜯
어 놓았다. 해리가 이건 좀 심하지 않느냐고 하
자 뻔뻔하게 외쳤다.

"나 안 했슈! 해볼테냥이 그랬슈!"

해리의 눈에는 해볼테냥이 보이지 않았다.
해수가 해볼테냥이랑 어울리고부터 놀아 달라
고 귀찮게 하지 않아서 편하기는 했다. 그러면서

도 한편으로는 집에만 갇혀 있다
보니 동생의 머리가 조금 이상해진
건 아닌지 슬며시 걱정이 되었다. 오늘 저
녁엔 아껴 두었던 냉동 만두를 구워 줘야겠다
고 생각했다.

　해수는 바깥세상의 소식들이 궁금했다.
해볼테냥이 밖에 나갔다 돌아오면 무릎에
앉혀 놓고 질문을 퍼부었다.

　"오늘 쭈니랑 철이, 놀이터에서 딱지치기했
어? 누가 이겼어?"

　"학교 앞 문구점에 로켓몬 카드 새
로 들어왔어?"

　"오늘은 학교 급식에 무슨 반찬
나왔어?"

　고양이에게는 전혀 관심 없는 질문들뿐
이라 해볼테냥은 연신 하품만 하다 꾸벅꾸벅
졸았다. 해수는 이미 잠들어 버린 해볼테냥에
게 마지막 질문을 던졌다.

　"혹시 우리 엄마 못 봤어?"

어느 흐린 날 저녁, 선화는 아파트 뜰에서 낯선 고양이와 마주
쳤다.

해수가 예뻐하던 아파트 길고양이가 아니었다. 잔뜩 찌푸린
하늘처럼 회색빛이 도는 고양이였다. 순간 선화는 온몸의 솜털
이 곤두서는 것을 느꼈다. 자기도 모르게 고양이에게 다가가 다
짜고짜 말을 걸었다.

"너…… 해볼테냥 맞아?"

고양이는 선화를 쓱 쳐다보더니 어디론가 달려갔다.

"잠깐…… 잠깐만!"

선화는 서둘러 뒤쫓으려다 넘어지고 말았다. 손바닥이 까졌지만 아랑곳하지 않고 다시 일어나 달렸다.

"제발 기다려 줘!"

선화의 간절한 외침은 흐리멍덩한 공기 속에 뭉개졌다.

고양이는 아파트 모퉁이를 도는가 싶더니 어느덧 안개처럼 사라져 버렸다.

날씨가 있는 집

하루 종일 비가 내렸다. 선화는 의자에 앉아 멍하니 창밖을 바라봤다. 식탁 위에서 입도 대지 않은 차가 식어 가고 있었다.

'아이들은 지금 비가 오는 줄도 모르겠지? 해수는 축축한 신발 질색하는데. 비 오는 줄 알면 학교 안 가도 된다고 좋아하겠네. 참, 해리가 우산 고장 났다고 새로 사 달라고 했는데 잊어버렸어……'

그때 집 안 어디선가 똑똑 물 떨어지는 소리가 들렸다. 소리를 따라가 보니 거실 창가 쪽 천장에서 비가 새고 있었다. 관리실에 전화를 걸어 사정을 말했더니 윗집 외벽의 실리콘이 벗겨져서 방수 작업을 해야 한다고 했다. 비가 멎어야 작업을 할 수 있으니 불편해도 조금만 기다려 달라고.

"도대체 언제까지 기다리라는 거예요!"

선화는 전화를 끊고서 빗소리에 숨어 울었다. 사실 선화가 애타게 기다리는 건 방수 작업이 아니라 아이들이었다.

"누나! 이리 와 봐!"

해수가 거실에서 목청껏 누나를 불렀다.

해리는 자기 방 침대에 누워 있다가 고개를 들었다. 만사 귀찮았지만 딱히 할 일도 없어서 느릿느릿 거실로 나왔다. 또 알이 움직였다거나 해볼테냥이 어떻다는 말이겠거니 싶었다.

해수는 한때 거실 창문이던 커다란 벽 한쪽에 쪼그리고 앉아 있었다.

"이거 버섯 아냐?"

갑자기 버섯이라니. 해리는 어리둥절했지만 해수가 가리킨 쪽을 보니 정말 버섯이었다. 벽지의 눅눅한 얼룩 사이로 까무잡잡한 버섯 하나가 빼꼼 솟아나 있었다.

"벽에서 버섯이 자랄 수 있는 거야?"

해리와 해수는 버섯을 요리 보고 조리 봤다. 해리는 벽지를 뚫고 자라난 버섯이 징그럽기도 했지만, 이 집에 살아 있는 것이 하나 더 늘었다는 사실에 조금 설렜다.

"먹을 수 있는 건가? 프라이팬에 구워 볼까?"

해수는 하늘에서 떡이라도 떨어진 양 호들갑을 떨었다.

"독버섯일 수도 있잖아."

해리의 말에 해수가 코와 입을 틀어막았다.

"독버섯에서 독가스 나오는 거 아냐?"

해수는 채식 고양이 해볼테냥에게 단단히 당부해 두었다.

"해볼테냥! 버섯 절대 먹으면 안 돼!"

해리는 버섯의 주변을 찬찬히 살펴보았다. 모르는 사이 천장에서부터 큼지막하게 얼룩이 져 있었다. 비가 새는 모양이었다.

"비다……. 지금 밖에 비가 오나 봐!"

해리는 가슴이 두근거렸다. 비를 볼 수는 없지만 날씨를 안다는 것만으로도 바깥 세계와 연결되어 있는 것 같았다.

해리는 벽지의 얼룩을 한참 동안 바라보았다. 얼룩은 구름 모양 같기도 했다. 해리는 구름이 몽실몽실 뜬 파란 하늘이 보고 싶었다.

해리가 방에서 미술 도구를 가져왔다. 물감을 잔뜩 짜서 붓에 묻혔다. 그리고 창문이 있던 벽에 날씨를 그리기 시작했다.

친구들과 미끄럼틀 지붕 아래에서 컵라면을 먹던 비 오는 저녁, 분수에 뛰어들어 흠뻑 젖을 때까지 놀던 햇빛 쏟아지는 오후, 눈 오리 백 마리를 만드느라 손이 꽁꽁 얼어붙었던 눈 내리는 밤……. 계절의 습도와 온도를 따라 흘러갔던 빛나고, 뜨겁고, 차갑던 일상들이었다.

"벽지에 낙서해도 되는 거야?"

지켜보던 해수가 쭈뼛거리며 물었다. 깨끗한 벽지에 낙서를 하는 야만적인 행동은 다섯 살 이후에 해 본 적이 없었다.

"뭐 어때, 어차피 이 벽은 언젠가 사라질 텐데."

해리의 말에 해수도 슬며시 붓을 들었다. 처음엔 조그맣게 끄적거리더니 좀 지나자 손가락에 물감을 묻히고 과감하게 문지르기 시작했다.

해수, 해리, 해볼테냥, 그리고 노란 병아리 세 마리가 날씨 속에서 행복하게 뛰놀았다. 마지막으로 활짝 웃고 있는 엄마도 그려 넣었다.

그림 그리기에 열중하던 해수가 문득 손을 멈추고 물었다.

"누나, 그런데 비 많이 새면 집 안에 물 차는 거 아냐?"

"에이, 말도 안 돼."

해리는 그렇게 말하면서도 집 안이 네모난 수조처럼 물로 가득 차는 광경을 떠올렸다.

"해수 너, 학교에서 생존 수영 아직 안 배웠지?"

해수가 물감 묻은 손을 옷에 쓱 닦더니 어디선가 튜브를 찾아왔다. 그리고는 끙끙대며 튜브에 바람을 불었다. 한참 만에야 빵빵해진 튜브를 허리에 끼더니 엄지를 치켜들었다.

"이제 문제없어."

해리와 해수는 물뿌리개로 버섯에게 물을 흠뻑 뿌려 주었다. 버섯은 마를 새 없이 늘 촉촉했다. 그런데 며칠이 지난 뒤 마법처럼 사라지고 말았다. 까만 먹물 같은 흔적만 남기고서.

"혹시 물을 너무 많이 줘서 녹아 버렸나?"

해리가 고개를 갸웃했다. 해수는 버섯이 있던 자리를 기웃거리며 확신에 찬 목소리로 말했다.

"해볼테냥이 먹어 치운 게 분명해."

해리가 어이없다는 표정으로 물었다.

"고양이는 멀쩡하냐?"

"응, 독버섯은 아니었나 봐."

해리와 해수는 깜짝 일기예보처럼 날씨를 전해 주고 떠난 버섯을 위해 장례식을 치러 주었다. 둘은 옷장을 뒤져 까만 옷을 꺼내 입고 버섯의 흔적 앞에 섰다. 두 손을 꼭 모으고 고개를 숙인 채 잠시 묵념했다.

"그는 아주 짧은 생을 보냈지만, 막막한 벽에서도 꿋꿋이 피어난 훌륭한 버섯이었습니다……."

우리들의 디스토피아

해리와 해수가 집에 갇힌 지 삼 주가 넘었다. 엄마는 이제 아이들이 뭐라도 챙겨 먹고 있는지가 가장 큰 걱정이었다. 간단한 요리법을 찍어서 안했슈 TV에 올려 두면 해리가 엄마를 따라서 만들어 볼 때도 있었다. 스크램블드에그, 군만두, 김치볶음밥, 김치찌개……. 해리는 처음엔 요리가 재미있었지만 시간이 지날수록 여간 힘든 일이 아니었다.

설거지는 해수의 몫이었다. 밥그릇을 하나 깨뜨린 이후, 아직까지는 무사히 잘 해내고 있었다. 다만 해수가 씻은 컵으로 물을 마시면 자몽 냄새가 났다. 자몽향 주방 세제를 덜 헹구었기 때문일 것이다.

음식물 쓰레기는 비닐봉지에 모아서 냉동실에 넣어 두었다. 썩으면 냄새도 심하고 벌레도 꼬일 거라며 엄마가 신신당부했기 때문이다. 음식물 쓰레기를 싱크대 배수통에서 꺼낼 때 몹시 비

위가 상했지만 꾹 참고 하다 보니 조금씩 익숙해졌다. 냉동실 문을 열 때마다 꽁꽁 언 음식물 쓰레기를 보고 경악하던 해수도 점차 음식과 쓰레기가 공존하는 풍경에 길들여졌다.

요즘 해리와 해수는 자주 싸웠다. 처음에는 둘밖에 없기에 서로를 의지했다. 해리는 책임감을 갖고 동생을 돌보았고 해수도 누나를 잘 따랐다. 하지만 좁은 공간에 갇혀 있자니 자꾸 예민해졌다. 너무나 따분했기 때문인지도 몰랐다.

해리는 해수가 해볼테냥을 부르며 뛰어다닐 때마다 왠지 모를 불안과 함께 화가 치솟았다. 해수는 해리가 사소한 일에도 짜증을 내고 엄마처럼 잔소리를 해 대는 게 불만이었다. 호랑이 없는 곳에서 여우가 왕 노릇하는 것 같았다.

둘은 알을 돌볼 때, 밥 먹을 때, 잘 때를 빼고는 각자 지냈다. 어쩌다 얼굴이라도 마주치면 으르렁거리지 못해 안달이었다.

"야! 너 뭐 먹는 거야?"
몰래 초코볼을 오물거리던 해수가 해리한테 딱 걸렸다. 해수는 순간 얼어붙은 채 아무것도 아니라며 고개를 내저었다. 하지만 입가에 갈색 초콜릿이 묻어 있었다. 딱! 해리가 해수의 뒤통수를 때렸다. 그러자 해수의 입에서 반쯤 녹은 초코볼이 튀어나왔다.

"그건 너무 먹고 싶을 때 같이 먹기로 한 거잖아!"

해리는 해수의 주머니로 달려들었다. 해수는 무단 침입하는 누나의 손을 힘껏 꼬집었다.

"아야! 뭐 하는 짓이야!"

해리의 눈에서 불꽃이 튀었다.

"야! 내가 밥도 꼬박꼬박 차려 주는데 치사하게 너 혼자 먹고 싶냐? 밥 차리기 얼마나 힘든지 알기나 해?"

"뭐, 누나가 밥 곱게 차려 주나? 밥그릇 탁탁 놓으면서 짜증 내잖아. 나도 눈칫밥 먹는다고!"

"해 주는 게 어디야!"

"엄마한테는 그까짓 밥 좀 해 주는 게 뭐가 힘드냐고 하더니!"

해리가 말문이 막힌 사이, 해수가 해볼테냥을 싸움에 끌어들였다.

"해볼테냥, 물어!"

"그놈의 해볼테냥 타령 좀 그만해!"

해리가 진절머리 난다는 듯 악을 썼다.

"우리 해볼테냥이 뭐!"

해수가 누나에게 덤벼들어 마구 때리기 시작했다. 해리도 봐 주지 않고 맞받아쳤다. 주먹질과 발길질이 난무하는 난타전이 펼쳐졌다. 둘 다 아팠지만 아무도 멈출 생각이 없었다. 결국 서로의 팔을 잡고 힘겨루기를 하다가 균형을 잃고 바닥으로 쿵 넘어졌다. 해수의 주머니에서 초코볼이 와르르 쏟아졌다.

둘은 씩씩거리며 서로를 매섭게 노려보았다. 엄마가 있었으면 몸싸움까지 번지지 않았을 것이다. 큰소리만 나도 바로 혼났으니까. 해리는 얄미운 동생을 흠씬 패 주고 싶을 때가 있었다. 해수도 마찬가지였다. 누나라는 이유로 대장처럼 구는 게 못마땅해서 한 번쯤 속 시원히 때려 주고 싶었다. 그런데 막상 몸싸움을 하고 보니 둘 다 기분이 좋지 않았다. 한동안 어색한 침묵이 흘렀다.

해리는 가만히 주변을 둘러보았다. 해수의 볼에 길게 눈물 자국이 나 있고 입가에는 초콜릿이 묻어 꾀죄죄했다. 집도 어수선했다. 아무렇게나 쌓아 둔 책과 옷더미로 거실은 발 디딜 틈도 없었다. 빨래통에는 빨래가 산처럼 쌓여 있었다. 쓰레기통에는 쓰레기가 넘쳤고 퀴퀴한 냄새가 풍겼다. 환기를 시킬 수 없으니 공기도 답답했다.

"이건 뭐, 디스토피아가 따로 없네."

해리는 엉망진창인 집이 갑자기 참을 수가 없었다. 지금 당장 바로잡고 싶었다. 깨끗함과 질서가 있던 원래의 집으로.

"계속 이렇게 살 수는 없어. 안했슈! 청소하자."

해수가 고분고분 고개를 끄덕였다.

"누나, 그런데 디스토피아가 뭐야?"

"암흑세계."

해수는 어쩐지 그 말이 마음에 들었다.

해리는 청소기로 요란한 소리를 내며 먼지를 빨아들였다. 알이 있는 끝방은 해수가 청소하겠다고 했다. 시끄러우면 알들한테 안 좋다며 문을 꼭 닫고 조용히 걸레질했다.

둘 다 세탁기는 한 번도 돌려 본 적 없지만 대충 훑어보니 알 거 같았다. 빨랫감을 몽땅 세탁기에 넣고 동작 버튼을 눌렀다. 엄마가 빨래할 때처럼 향긋한 냄새가 나지 않는 건 좀 이상하다고 생각했다. 쓰레기는 쓰레기봉투에 담고 대충 처박아 두었다. 시들시들해진 식물들에게도 물을 주었다.

해리가 한결 깨끗해진 집을 뿌듯하게 바라보는데 해수가 조용한 목소리로 불렀다.

"누나, 여기도…… 청소해?"

화장실이었다. 하얀 타일 사이사이에 붉은 곰팡이가 피고, 변기에서도 지린내가 지독하게 났다. 세면대에는 예전에 버린 물감 자국들이 얼룩덜룩하게 남아 있었다. 해리는 화장실을 청소해 보기로 결심했다. 엄마가 청소하는 모습을 얼핏 본 적이 있었다. 해수는 재미있겠다며 오랜만에 휴대폰을 켜고 영상을 찍기 시작했다.

📹

재난방송 안했슈 TV의 안해수입니다. 누나랑 저는 점점 살림의 달인이 되어 가고 있습니다. 오늘은 살림의 끝판왕, 화장실 청소를 해 보려고 합니다.

화장실 청소해 본 초딩 있나요? 저는 한 번도 안 했슈.

자, 일단 화장실에 비누칠을 해야 할 것 같은데……. (해리가 손 세정제를 이곳저곳에 뿌리고 있다) 거품이 뭉게뭉게 구름 같네요. 누나는 칫솔로 세면대를 닦고 있습니다. 설마 제 칫솔은 아니겠지요? (해리가 피식 웃는다) 그럼, 저도 한번 해 보겠습니다. (솔로 바닥을 문지른다) 오, 재미있네요. 이제 변기만 남았는데요……. 누나, 할 수 있겠어? (해리가 눈을 반만 뜨고 솔로 변기를 대충 휘적거린다) 역시 변기에 손을 넣어 본 적이 있어서 그런지 잘하네요. (해리가 째려본다) 존경합니다, 누님.

이제 화장실에 있는 거품을 모두 없애겠습니다. (샤워기에서 물이

분수처럼 솟구친다) 비가 옵니다! 저는 비 오는 날을 안 좋아하지만

오래 갇혀 있다 보니 비 맞는 것도 좋네요. (화면에 물방울이 튄다)

앗, 휴대폰 고장 나기 전에 꺼야겠습니다. 살림하는 초딩의 화장실

청소, 성공!

안했슈 TV 구독, 좋아요, 알림 설정까지!

해수의 머리로 물방울이 똑똑 떨어졌다. 해수가 휴대폰의 물기를 닦으며 무심코 화장실 천장을 올려다보았다.

"누나, 근데 저 네모난 건 뭐야?"

"나도 몰라."

해리는 천장을 애써 외면하며 화장실 밖으로 나섰다. 그러다 뜻밖의 물웅덩이를 밟고 쭉 미끄러지고 말았다.

"으악!"

화장실을 청소하는 동안 문을 닫아야 한다는 건 미처 생각하지 못했다. 복도는 물바다가 되어 있었다. 마른 수건을 가져다 대충 닦고 보니 밤 12시가 다 되어 갔다. 잠드는 시간은 점점 늦어지고 일어나는 시간도 덩달아 늦어졌다.

깊은 밤, 선화는 잠이 오지 않았다. 아이들이 사는 문 없는 집은 어디에 있는 걸까? 정말 있긴 있는 걸까? 초인종이 울렸다. 혹시 아이들인가 싶어 현관문을 벌컥 열었다.

아랫집 할아버지였다. 할아버지는 다짜고짜 화부터 냈다.

"내가 조심해 달라고 몇 번을 말했소? 지난번에 붙인 쪽지 봤소, 못 봤소? 그날 아주 난리를 치길래 올라왔는데, 집에 없는 척한 거 내가 모를 줄 아시오? 오늘은 씨름이라도 하는지 쿵쿵거리질 않나, 이 밤중에 청소기, 세탁기 돌리는 것도 모자라 화장실 물소리까지. 도저히 잠을 잘 수가 없소!"

"어르신, 저 아무것도 안 하고 가만히 있었는데요."

"그럼 내가 헛것을 들었단 말이오?"

"저희 아이들…… 실종됐어요. 쿵쿵거릴 애들이 없다고요."

선화의 목소리가 가늘게 떨렸다. 할아버지도 물론 그 사건을 알고 있었다. 하지만 소음은 너무 가깝고 생생했다.

"내가 분명히 들었는데!"

"못 믿으시겠으면 들어와서 확인해 보세요."

할아버지는 못 이기는 척 집에 들어왔다. 텅 빈 집 안이 적막했다. 화장실도 물기 하나 없이 말라 있었다.

"아니, 뭐…… 그러면 대체 어느 집이야?"

할아버지는 미안하단 말도 없이 휙 가 버렸다.

선화는 소파에 주저앉아 두 팔로 머리를 감쌌다. 그때 아이튜브 알림이 울렸다. 제목은 '화장실 청소하는 만렙 초딩들'.

영상을 보던 선화는 벌떡 일어났다. 라면 끓이는 영상이 올라오던 날, 코끝을 스치던 라면 냄새가 떠올랐다. 분명 가까운 어딘가에 아이들이 있는 것 같았다. 소음과 냄새가 그 사실을 말해 주고 있었다.

다음 날, 선화는 아파트의 모든 집들을 돌아다녔다. 경찰이 이미 이웃들을 조사했다지만 직접 확인하고 싶었다.

"안녕하세요. 301호예요. 네, 애들 없어진 그 집 맞아요. 죄송

하지만 집 안을 좀 둘러볼 수 있을까요? 잠깐이면 돼요.”

이웃들도 아이들이 사라졌다니 안타깝긴 했지만 괜한 의심을 받는 것 같아 달갑지 않았다. 그래도 문을 열어 주는 사람들이 있었다. 선화는 집 구석구석 꼼꼼히 살폈다. 벽을 두드리면서 해수와 해리를 불러 보기도 했다. 이웃들의 불편한 시선이 등 뒤에 꽂혔지만 아이들을 찾아야 한다는 생각뿐이었다.

선화는 문을 열어 주지 않는 집에 계속 찾아가 초인종을 눌러 대다 신고를 당하기도 했다. 출동한 경찰이 답답하다는 듯 고개를 내저었다.

“아주머니, 이러시면 수사에 방해만 돼요. 저희를 믿고 좀 기다려 보세요.”

선화는 포기할 수가 없었다. 바로 다음 날에도 아파트 옥상부터 계단까지 샅샅이 뒤졌다. 복도의 양수기함과 소화전을 하나씩 열고 아이들의 이름을 애타게 불렀다.

“해리야! 해수야!”

아무리 불러도 돌아오는 대답은 없었다. 손에 잡힐 듯 가깝지만 아득하게 먼 곳, 그곳에 아이들이 있다. 하지만 그곳에 닿는 방법을 선화는 알지 못했다.

열려라, 병아리!

　해리는 냉장고를 열어 보고 한숨을 쉬었다. 식량이 계속 줄고 있었다. 냉장고에 있던 반찬과 찬장에 있던 통조림은 거의 다 먹었다. 이제 쌀과 김치, 달걀 두 알만 덩그러니 남았다. 달걀은 정말 먹고 싶을 때를 위해 아껴 두기로 했다.

　상황이 이러하니 김치는 입에 대지 않던 해수도 김치를 잘 먹게 되었다. 그마저 얼마 남지 않았지만. 금방 구조될 줄 알고 반찬을 아낌없이 먹은 게 후회되었다. 특히 라면을 첫날부터 먹어 버린 게 천추의 한이었다. 처음엔 밥 잘 챙겨 먹으라던 엄마도 이제 댓글로 뭐든 아껴 먹으라고 했다. '금방 찾을 거지만 혹시 몰라서'라는 말을 덧붙였지만 확신할 수 없는 게 분명했다.

　해수는 뻔히 사정을 알면서도 매일 밥상 앞에서 실망했다. 하루는 해리가 스케치북에 음식 그림을 잔뜩 그려 와 동생에게 내밀었다. 짜장면, 치킨, 피자, 떡볶이, 스파게티, 마라탕……. 디저

트로 아이스크림, 초콜릿케이크, 탕후루까지 있었다.

"먹고 싶은 것 골라 봐."

해수는 스케치북을 훑어보더니 기운 없이 내려놓았다.

"진짜 먹을 수 있는 것도 아니잖아."

해리가 너는 뭘 모른다는 듯 은근한 말투로 대답했다.

"너, 자린고비 이야기 알지? 돈 아끼려고 밥 한술에 굴비 한 번 쳐다보던 구두쇠 말이야. 먹고 싶은 음식을 상상하면서 먹으면 그 맛이 날 수도 있잖아."

해수는 잠깐 생각하더니 치킨을 골랐다. 그러더니 끝방을 한 번 보고는 고개를 도리도리 저었다.

"아⋯⋯, 양심상 치킨은 안 되겠다."

해수는 여느 때처럼 해볼테냥과 숨바꼭질을 하고 있었다.

"벽 너머로 나간 건 아니지? 그럼 반칙이야!"

꽁꽁 숨은 해볼테냥을 찾다가 지쳐 소파에 주저앉았는데 끝방에서 해리의 황급한 목소리가 들려왔다.

"안했슈! 빨리 와 봐!"

혹시? 한 가지 생각이 머리를 스쳐 갔다. 해수는 자리에서 벌떡 일어나 끝방으로 내달렸다.

해리는 잔뜩 상기된 얼굴이었다.

“알이 삐악거려.”

해수가 얼른 알에 귀를 가까이 댔다. 아무 소리도 들리지 않았다.

“무슨 소리가……”

해수가 말하려는데 해리가 검지를 입가에 댔다.

“쉿!”

그때였다.

삐악삐악!

해수의 눈이 동그래졌다. 해리는 그것 보라는 듯 의기양양한 미소를 지었다. 해수는 더욱 귀를 쫑긋 세웠다. 세 알 중에 가운데 있는 알에서 희미한 소리가 나고 있었다.

해리와 해수는 부화방에 딱 붙어 앉아 숨죽이고 지켜봤다. 병아리가 탄생하는 역사적인 순간을 놓치고 싶지 않았다. 사방이 벽으로 둘러싸인 좁은 집에서 탈출하려는 듯, 알은 움직였다 멈추기를 끈기 있게 반복했다. 간간이 삐악삐악 소리도 들렸다. 병아리가 얼마나 애를 쓰고 있는지 고스란히 느껴졌다. 병아리의 사투는 몇 시간이나 계속되었다.

그러더니, 매끈하던 껍데기에 미세한 금이 하나 생겼다. 둘은 동시에 외마디 소리를 질렀다. 금방 나올 줄 알았는데, 병아리는 좀체 모습을 보이지 않았다. 연약한 부리로 단단한 껍데기를 깨는 일이 쉽지 않은 모양이었다. 한동안 알은 잠잠했다. 해수는 조바심이 났다.

"어휴, 답답해. 조금만 도와줄까?"

"내가 깨면 병아리, 남이 깨면 프라이라는 말 몰라? 스스로 나올 수 있게 놔둬야 해. 사람이 깨 주면 금방 죽는데."

해리네 반에서 급훈을 만들 때 누군가 적어 냈던 말이었다. 해리는 자기도 모르게 다시 한번 되뇌었다.

"내가 깨면 병아리, 남이 깨면 프라이……."

알이 다시 움직이기 시작했다. 껍데기의 균열이 조금씩 사방으로 뻗어 나갔다.

해수는 부화방에 꼭 붙어서 쉬지 않고 응원했다.

"열려라, 참깨! 아니, 열려라, 병아리!"

해리는 초조한 듯 방 안을 서성였다. 꼭 모은 두 손에 땀이 흥건했다.

'제발, 무사히 나와 줘!'

파지직!

마침내 껍데기가 두 동강 났다. 축축하게 젖은 털뭉치가 흐느적거리며 알에서 빠져나왔다. 작은 해님처럼 노랗고 둥그스름한 병아리였다.

해수는 병아리가 놀랄까 봐 입을 손으로 틀어막은 채 방방 뛰

었다. 해리는 자기도 모르게 눈물이 터졌다. 병아리는 알 바깥의 낯선 세계에서 처음 마주친 이상한 생명체들을 번갈아 바라보았다.

해리는 병아리와 눈이 마주쳤다. 참깨처럼 윤기가 흐르는 까만 눈동자였다. 프라이가 될 뻔한 달걀에서 어쩌면 저리도 반짝거리는 눈빛의 병아리가 탄생할 수 있는 걸까. 병아리는 짧은 눈맞춤을 뒤로 하고 힘없이 비틀거리다가 픽 쓰러졌다.

"어디 아픈 거 아냐?"

"힘들어서 그런 것 같은데."

병아리는 몸이 젖어서 추워 보였다. 해리는 난방 온도를 더 높였고, 해수는 핫팩을 가져와 부화방에 넣어 주었다. 둘은 더워서 벌게진 얼굴로 부화방을 자꾸 들여다보았다. 방의 온도만큼 마음의 온도도 덩달아 올라가는 것 같았다.

"병아리 이름도 '해' 자 돌림으로 하자. '해병이' 어때?"

해수가 불쑥 말했다.

"별론데."

병아리가 군인도 아닌데 해병이라니, 해리는 마뜩잖았다.

"우리 아빠가 귀신 잡는 해병이었다잖아. 해병이가 무서운 귀신을 다 잡아 줄 거야."

해리는 해수의 옆얼굴을 물끄러미 바라보았다. 해수가 요즘은 엄마 보고 싶다는 말을 안 하길래 괜찮은 줄 알았다. 안 그래도 겁 많은 녀석이 얼마나 열심히 견디고 있는 걸까. 해수가 없었다면 해리도 지금까지 버티지 못했을 것이다. 해수와 함께 까불고 다투고 웃을 수 있어서 불쑥불쑥 찾아오는 무섭고 불안한 마음을 떨칠 수 있었다. 새삼 동생에게 고마운 마음이 솟아났다. 그러자 병아리 이름이야 뭐가 되든 어떠랴 싶었다.

"맘대로 해."

해리가 어깨를 으쓱하자 해수가 말갛게 웃었다.

📹

안했슈 TV의 안해수입니다. 오늘은 아주 반가운 소식을 전해 드리려고 합니다. 여러분, 저희가 달걀 부화방을 만들었던 거, 기억하시죠? 드디어…… 짜잔! 병아리가 탄생했습니다! (알껍데기 옆에 축축한 병아리 한 마리가 보인다)

너무 귀엽지요? 아직은 털도 젖어 있고 다리에 힘이 없는지 잘 못 움직이네요. 이름은 '해' 자 돌림에 병아리의 '병'을 합쳐서 '해병이' 라고 지었어요. 밤마다 귀신 많이 잡아 달라고요. 다른 알들은 아직 조용하네요. 좋은 소식 있으면 또 찍어서 보여 드리겠습니다. 해병이야, 무럭무럭 건강하게 자라라. 아, 그런데 언제쯤 닭이 될까요? 빨리 자라서 달걀 많이 낳아 줬으면 좋겠네요.

치킨 먹고 싶다는 말은 절대 안 했슈.

병아리 잘 키우는 노하우 있으면 많이 많이 알려 주세요!

재난방송 안했슈 TV 구독, 좋아요, 알림 설정까지!

🌻 **해바라기**: 진짜 병아리가 됐네? 쌀은 너희도 먹어야 하니까 아껴서 주고,
   잘 키워 봐. 엄마는 너희가 자랑스럽다!

🐤 **쭈니**: 대박 신기~ 나도 너네 집에 병아리 보러 가고 싶다!

🐔 **닭집아저씨**: 자라서 알을 낳으려면 6개월 정도 걸립니다. 쌀알은 칼등이
   나 방망이로 빻아서 주세요. 삶은 달걀노른자를 주면 더 좋아요.

   ↳ 🐤 **안했슈**: 네?! 병아리가 병아리를 먹는다고요?

   ↳ 🐔 **닭집아저씨**: 노른자가 병아리가 되는 게 아니랍니다. 수정체가
      병아리가 되는 거고, 노른자는 병아리 영양분이에요. ^^

👤 **박플러**: 냉장고에 있던 달걀이 병아리가 됐다고? 주작.

   ↳ 👤 **미소천사**: 저도 마트에서 산 달걀로 부화시켜 봤거든요?

하루가 지나자 해병이는 노르스름한 털이 보송보송 말라서
부쩍 귀여워졌다. 다만 쌀알을 빻아서 줬는데도 소화가 잘 안
되는지 그대로 똥으로 나와 버렸다.

해수가 비장하게 말했다.

"누나, 해병이한테 노른자 주자."

"진짜? 달걀 두 알밖에 없는 거 알지?"

"해병이를 위해서라면 포기할 수 있어."

예상치 못한 해수의 의젓한 태도에 해리는 당황했다. 사실 해리는 선뜻 노른자를 양보하기가 힘들었다. 해리가 가장 좋아하는 음식이 김치볶음밥에 달걀 반숙을 터뜨려 먹는 것이었다. 마지막 달걀을 얼마나 아끼고 아꼈는데!

"쌀을 더 잘게 빻아 보면 어떨까?"

"아냐, 난 우리 해병이에게 최고급 영양식을 주고 싶어."

결국 냉장고에 남아 있던 달걀 두 개를 모두 삶았다. 해병이는 태어나서 이렇게 맛있는 음식은 처음이라는 듯 으깬 노른자를 정신없이 콕콕 쪼아 먹었다. 해수가 안 먹어도 배부르단 얼굴로 그 모습을 뿌듯하게 지켜 보았다.

"노른자 주길 잘했지?"

해리는 아쉬운 표정으로 삶은 달걀의 흰자를 베어 물었다.

삼 일이 지나자 해병이는 제법 다리에 힘이 생겼다. 거실에 풀어놓으면 총총거리며 돌아다녔다. 문제는 해볼테냥이 자꾸 해병이를 건드린다는 것이었다. 제멋대로 굴러다니는 노란 공쯤으로 생각

하는 것 같았다. 괜히 앞발로
툭툭 치거나 갑자기 튀어
나와 으르렁거리기도 했
다. 해병이는 귀찮은 듯
슬금슬금 피해 다녔다. 해볼테냥은 채식 고양이라 해병이를 잡
아먹지는 않을 테지만 혹시라도 다치게 할까 봐 해수는 노심초
사했다.

하루는 해볼테냥이 거실 바닥에 누워 자고 있었다. 지나가던
해병이가 고양이의 폭신한 털이 좋았는지 한참을 비비적거리다
가 털에 파묻혀 같이 잠들었다. 잠에서 깨어난 해볼테냥은 자기
에게 기대어 잠든 병아리를 물끄

러미 바라보았다. 콩닥거리는
심장 박동을 느꼈는지도 모른
다. 그 후로 둘은 꽤 친해졌다.

해볼테냥은 태어나서 한 번도 해님을 보지 못한 해병이를 위
해 바깥에서 햇살을 한 가닥씩 물어다 주었다. 해병이는
벽을 통과하는 해볼테냥을 무작정 따라가다 벽에
콩 부딪히곤 했다.

가끔 해병이가 혼자 올라가기 힘든 높은 책장
위에서 발견되는 일도 있었다. 해리는 아무도 보지

앓을 때 해병이가 날아다니는 건 아닌가 의심했다. 해수는 해병이가 높은 곳에 올라가고 싶어 하면 해볼테냥이 기꺼이 등을 내어 준다는 사실을 알고 있었다.

부화방의 다른 두 달걀은 조용했다. 부화에 실패한 듯했다.

해수는 이제 캄캄한 방에서도 잘 잤다. 야행성이라 밤이 되면 집 밖으로 나가 버리는 해볼테냥과 달리, 해병이는 밤새 해수의 곁을 지켜 주었다. 해병이 덕에 해수는 더 이상 귀신이 무섭지 않았다.

해리는 까만 밤의 한가운데에서 새근새근 들려오는 동생의 숨소리에 귀를 기울였다. 해병이가 정말 귀신이라도 잡는 건지 간간이 삐악삐악 소리도 들렸다. 살아 있는 소리들이 마음을 어루만져 주었다.

해병이가 껍데기를 깨고 나오던 장면이 자꾸 생각났다. 작디작은 부리로 오랜 시간 껍데기를 두드리고, 기어이 좁은 틈으로 빠져나오던 용감한 병아리. 지쳐서 휘적거리는 모습도 얼마나 멋있던지! 해리는 문이 사라진 날 밤, 동생에게 들려주었던 해와 달이 된 오누이 이야기를 다시 떠올렸다.

'오누이가 호랑이를 두려워 하며 집 안에 계속 숨어 있었다면 살았을까? 결국 굶어 죽었겠지. 호랑이가 있더라도 바깥으로 나

가야 해. 하지만…… 어떻게?'

선화에게는 아이들을 찾아 주겠다는 연락이 엄청나게 쏟아졌다. 굿을 하라는 무당부터, 탐정 사무소, 사이비 종교 단체까지 별별 사람들이 다 있었다. 비슷한 아이들을 본 것 같다는 제보도 많았다. 처음에는 반색하며 찾아가 보았지만 결국 사기나 장난, 오인이었다.

선화는 매일 전단지를 들고 거리로 나섰다. 이제는 다른 방법이 떠오르지 않았다. 요즘 세상에 누가 전단지를 돌리느냐고 주위에서 만류했지만 아주 작은 가능성에라도 매달리고 싶었다. 실종 아동 전단지에 인쇄된 해리와 해수의 사진을 보니 금방이라도 눈물이 터질 것 같았다. 이런 곳에 아이들의 얼굴이 찍히게 될 줄은 상상도 하지 못 했다.

"저, 이것 좀 꼭 봐 주세요."

대부분의 사람들은 선화가 내민 전단지를 아예 받지 않거나 보지도 않고 구겨 버렸다. 길거리에 버려진 전단지는 사람들의 발에 차이기 전에 다시 주워서 깨끗이 폈다.

그러던 중 낯익은 할머니가 바닥의 전단지를 몇 장 주워 들고 선화에게 다가왔다. 선화네 아파트를 관리해 주시는 청소부 할머니였다.

"하이고, 무심한 사람들 같으니라고. 예쁜 아이들 사진을 이렇게 구겨 버리나."

"고맙습니다……."

할머니는 선화의 손을 꼭 잡아 주었다.

"아이들 꼭 돌아올 거여. 세상에 문이 이렇게 많은데, 애들이 기어 나올 개구멍 하나 없을라고?"

선화는 정말 오래간만에 온기를 느꼈다.

날이 어두워져서야 선화는 남은 전단지를 꼭 껴안고 집으로 돌아왔다. 301호 문 앞에는 항상 광고지가 보기 싫게 덕지덕지 붙어 있었다. 그런데 오늘따라 광고지 사이로 노란 쪽지 하나가 눈에 띄었다. 이번엔 아랫집 할아버지가 아니었다. 꽃잎같이 동글동글 귀여운 글씨체였다.

해수랑 해리 누나, 꼭 돌아와! -준이

그때부터 노란 쪽지는 하루에 서너 개씩 늘어났다. 며칠이 지나자 서서히 문을 뒤덮기 시작했다.

해수, 해리, 파이팅! -402호

너희가 무사히 돌아올 거라고 믿어! -요구르트 아줌마

해리 너는 영원한 우리의 센터야. 빨리 같이 춤추자. -예쁜 지민

고생 많아, 힘들지, 기다리고 있어, 사랑해…….

해리와 해수의 무사 귀환을 염원하는 마음들이 주문처럼 문을 가득 채웠다. 문은 어둑한 복도를 해님처럼 노랗게 빛내면서 아이들이 돌아올 날을 기다리고 있었다.

곰과 문

조난을 당한 지도 어느새 한 달이 훌쩍 지났다. 이제 쌀이 얼마 남지 않았다. 김치도 다 떨어졌다. 남은 김치 국물도 아까워서 버릴 수가 없었다. 해리는 동생 밥은 원래 먹던 대로 퍼 주고 자기 밥은 반만 펐다.

"누나는 왜 그렇게 조금 먹어?"

"집에만 있으니까 살쪄서, 다이어트."

해리는 미처 발견하지 못한 음식이 있는지 냉장고를 뒤져 보다가 냉동실에 넣어 둔 음식물 쓰레기에 눈이 갔다. 쌀마저 다 떨어지면 이거라도 먹어야 하지 않을까 하는 끔찍한 생각이 들었다. 불안을 떨치려 냉장고 문을 쾅 닫았다.

"얘는 조금 먹는 것 같은데 똥을 꽤 자주 싸네."

해수가 휴지를 둘둘 말아서 해병이의 똥을 치웠다. 순간 해리의 눈이 휘둥그레졌다. 휴지도 떨어질 수 있겠다 싶었다. 후다닥 찬장을 열어서 남은 휴지를 확인해 보았다. 맙소사, 휴지도 하나 밖에 남지 않았다. 물과 전기는 끊기지 않았으니 불행 중 다행이 었다.

"앞으로 해병이 똥 치울 때 휴지 한 칸만 써."

"손에 묻는 거 싫은데."

"휴지 하나 남아서 아껴 써야 돼."

"으악, 진짜야?"

해수는 휴지가 없는 상황을 상상하고는 경악을 금치 못했다. 해병이는 그러거나 말거나 똥을 또 뿌직 싸고는 총총 뛰어갔다.

해리는 집 안을 다시 뒤져 보기로 했다. 무언가 쓸모 있는 게 나올지도 몰랐다. 옷장, 서랍장, 수납장을 하나하나 열어 보았다. 안방 베란다 구석에 쌓인 짐 더미를 뒤지는데, 오래된 상자 하나 가 눈에 띄었다.

해리는 끙끙거리며 상자를 꺼냈다. 언제부터 그 자리에 있었 는지 뽀얀 먼지가 피어올랐다. 해리는 연거푸 재채기를 하며 상 자의 뚜껑을 열었다. 상자엔 뜻밖에도 아빠의 물건들이 담겨 있 었다. 가족사진이 끼워진 지갑, 시곗바늘이 멈춘 손목시계, 누르 스름하게 빛바랜 명함…….

해리는 심장이 쿵쾅쿵쾅 뛰었다. 물건들을 하나씩 꺼내어 가만히 쓰다듬어 보았다. 그러다 어딘지 익숙해 보이는 노트를 찾아냈다. 늘 바빴던 아빠의 시간처럼 빠르게 흘려 쓴 글씨들, 업무에 관한 딱딱한 메모들. 그 사이에 낯익은 그림이 있었다.

해리가 지금보다 더 어렸을 적, 그날의 기억이 떠올랐다.

"아빠, 심심해. 토요일인데 왜 일만 해? 나랑 놀자."

"잠깐 전화 한 통만 하고."

아빠는 네네, 그래야죠, 알겠습니다 같은 말을 되풀이하면서 무언가를 노트에 메모했다. 마침내 전화를 끊은 아빠가 해리에게 물었다.

"뭐 하고 놀까?"

"퀴즈! 퀴즈 내 줘!"

아빠는 들고 있던 노트를 한 장 넘기더니 쓱쓱 그림을 그렸다.

"우아, 이게 뭐야?"

해리가 호기심 어린 눈망울로 물었다.

"자, 여기에서 어떤 길로 가야 탈출할 수 있을까?"

"음……."

해리가 그림을 곰곰이 들여다보았다.

"불은 뜨겁고, 가시밭길은 따가울 거야. 나는 수영을 못 하니까 호수도 안 돼."

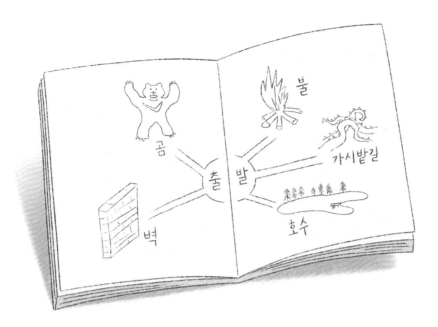

"곰은?"

아빠가 물었다.

"곰이 제일 무서워. 잡아먹히면 어떡해?"

해리는 꽉 막힌 벽을 골랐다. 옷장 서랍을 밟고 올라가는 장난에 재미가 들렸던 때라 뭐든 오르는 건 자신 있었다.

아빠는 개구진 미소를 지으며 노트를 거꾸로 뒤집었다.

"자, 이제 곰을 봐. 뭐라고 쓰여 있어?"

"⋯⋯문?"

'곰'이라는 글자를 뒤집으니 '문'이 되었다! 해리는 활짝 웃으며 박수를 쳤다.

아빠가 해리의 머리를 다정하게 쓰다듬었다.

"무서운 곰에 속지 마. 문을 못 보게 되거든."

해리는 그림을 물끄러미 바라보다 노트를 뒤집었다. '문'이라는 글자가 선명하게 보였다.

그날 밤 해리는 몹시 아팠다. 열이 오르고 배가 뒤틀렸다. 먹은 것을 모두 토했다. 오들오들 떨며 해열제를 쭉 짜서 먹었다. 엄마가 바쁘다 보니 아플 때 혼자 약 챙겨 먹는 건 익숙했다. 하지만 내일 아침이 되어도 병원에 갈 수 없다는 사실이 해리를 불안하게 만들었다.

해수는 누나가 걱정되는지 연신 괜찮냐고 물었다.

"지금 내가…… 괜찮아 보이냐?"

몸이 아프니 말도 뾰족하게 튀어 나갔다.

해리는 새벽 내내 화장실을 들락날락하다가 기운이 빠져 주저앉고 말았다.

'이대로 계속 아프면 어쩌지? 용케 낫는다고 치자. 밥하다 실수로 불이라도 나면? 비가 새서 집에 물이 차면? 놀다가 미끄러져서 머리를 세게 부딪치면? 먹을 게 다 떨어지면……?'

나쁜 생각이 꼬리를 물고 이어졌다. 해리는 달뜬 얼굴로 무심코 천장을 올려다보았다. 또 그 사각형이 보였다. 사람의 몸 하

나 겨우 들어갈 것 같은 사각형의…… 문?

'저기로 나가면 뭐가 있을까?'

해리는 자기도 모르게 일어서서 손을 뻗었다. 그런데 문 너머에서 무언가가 덜컹덜컹 움직이는 것 같았다.

소리는 점점 커지면서 해리 쪽으로 다가오고 있었다. 오싹한 전율이 흘렀다. 우글우글한 쥐 떼나 바퀴벌레 같기도 했고, 밤이되면 깨어나서 난동을 부리는 좀비 같기도 했고, 아이들을 해치려는 악당 같기도 했다. 금방이라도 문이 활짝 열려 온갖 징그럽고 괴상하고 무서운 것들이 왈칵 쏟아질 것만 같았다.

하지만 이상하게도 도망치고 싶지 않았다. 아무리 무서운 것이 튀어나와도 이미 상상한 것보다 무섭진 않을 것 같았다. 해리는 변기 옆에 있던 청소 솔을 집어 들었다. 눈에 힘을 주고 그곳을 똑바로 마주 보았다. 심장이 빠르게 뛰었다. 온 힘을 짜내어 소리를 내질렀다.

"아아아아악!"

청소 솔을 힘차게 뻗어 문을 열었다. 천장 안쪽으로는 어두운 시멘트 벽과 사방으로 뻗은 관…… 그리고 아무것도 없었다. 해리의 메아리만이 가 보지 않은 저 너머에 닿아 깊은 울림으로 맴돌고 있었다.

"누나!"

해수의 목소리가 들려왔다. 해리는 겨우 눈을 떴다. 화장실이 아니라 안방 침대 위였다.

"아직도 아파?"

해수가 해리의 이마를 짚어 보았다. 해리는 힘없이 고개를 끄덕였다. 그리고 다시 깊은 잠에 빠져들었다.

다시 눈을 떴을 때는 몸이 한결 가벼웠다. 침대 옆 탁자에 흰 죽이 놓여 있었다. 죽이라기보다 찬밥을 뜨거운 물에 말아서 꾹꾹 으깬 모양이었다. 해수가 물컵을 들고 방으로 들어왔다.

"누나, 일어났어? 내가 죽 만들었다."

해리는 목이 메어 아무 말도 하지 못 했다.

해수는 밤새 누나의 코 밑에 손가락을 몇 번이나 갖다 대 보았는지 모른다. 이제 누나는 한결 괜찮아 보였다.

"근데…… 누나 죽으면 어디다 묻어? 화분은 너무 작고."

해수의 살벌한 농담에 해리가 버럭 화를 냈다.

"나, 안 죽을 거거든?"

큰 소리에 놀란 듯 해병이가 삐악거렸다. 해리는 몸을 일으켜 해병이에게 다가갔다. 해병이를 손바닥 위에 올리자 작은 몸의 온기와 숨의 박자가 느껴졌다.

해리가 결심한 듯 말했다.

"우리, 진짜 방 탈출 하자. 여기서 나가는 거야."

해수가 눈을 동그랗게 떴다.

"어떻게? 문도 없는데."

"해병이도 꽉 막힌 알에서 껍데기 깨고 나왔잖아. 문이 없으면 우리가 문이 되는 거야."

집에서 집으로

해리는 탈출을 준비하기 시작했다. 배낭에 물병을 담고 몇 개 안 남은 초코볼도 챙겼다. 혹시 모를 상황에 대비해 붕대와 소독약, 손전등도 넣었다. 해수는 해병이를 담아 갈 채집통을 찾아 두었다. 해병이의 식량인 빻은 쌀도 잊지 않았다. 그리고 소파에 웅크리고 있던 해볼테냥을 깨웠다.

"해볼테냥! 내일 아침에 여기서 탈출할 거야. 너도 가져갈 것 있으면 미리 싸 둬."

날마다 집 밖을 왔다 갔다 하는 해볼테냥은 뭐 그런 일로 호들갑이냐는 듯 다시 잠을 청했다.

"참, 집에 밧줄 같은 거 없나? 영화에서 보니까 꼭 챙기던데."

해리가 집 안을 두리번거리는 사이, 해수가 완강기를 꺼내 왔다. 예전에 베란다에서 발견하고, 뭔지 궁금해서 꺼내 본 적이 있었다. 물론 엄마한테 혼났다. 비상시에만 사용하는 거라 만지면 안 된다고 했지만 지금은 일생일대의 비상 상황이었다.

해리가 완강기를 들어 보고 기겁했다. 쓸모가 있을지 없을지도 모르는데 비상용으로 들고 가기에는 무거웠다.

"이건 좀 오버야."

"상자는 빼고 안에 있는 것만 가져가면 되지. 내가 들게."

해수가 포기하지 않고 우겼다.

"무겁다고 들어 달라고 하면 안 돼."

"그럼, 그럼."

해리와 해수는 완강기 상자를 열어 보았다. 고리, 밧줄, 릴, 벨트 같은 것들이 들어 있었다.

"이건 어떻게 쓰는 거야?"

설명서에 얼룩이 져서 글씨를 알아보기 힘들었다.

해리는 해수가 완강기에 정신이 팔린 사이 조용히 끝방으로 갔다. 아이튜브에서 완강기 사용법 동영상을 다운받을 생각이었다.

다음 날 아침, 해리는 밤사이 저장된 완강기 사용법 영상을 해수에게 보여 주었다.

"어, 뭐야? 다른 사람이 올린 영상도 다운받아지는 거였어? 안했슈 TV에 올리는 영상만 된다며!"

해수가 얼굴이 시뻘게져서 소리쳤다.

"아, 누나! 너무 치사해. 그럼 나도 로켓몬 볼걸!"

해리가 재빨리 말머리를 돌렸다.

"지금 그게 중요한 게 아니야. 얼른 완강기 사용법 익혀야 돼."

해수가 투덜대며 누나 휴대폰을 쳐다봤다. 해리와 해수는 완강기 사용법을 여러 번 보며 꼼꼼히 숙지했다.

해리는 마지막으로 쓰레기봉투를 뒤져서 운동화를 꺼냈다. 깨진 그릇을 치울 때 버렸던 운동화를 다시 신게 될 줄은 몰랐다. 해수도 현관에서 신발을 가져와 신었다. 오랜만이라 발에 닿는 신발의 감촉이 낯설었다.

이제 준비는 끝났다.

둘은 비장한 표정으로 화장실 천장을 올려다보았다.

"누나, 그런데 저기로 나가면 어디로 나와?"

"안 가 봤으니 모르지. 가다가 길이 없으면 다시 돌아오면 돼."

해수가 잠시 망설이더니 말했다.

"근데 좀…… 무섭다."

해리가 해병이를 담은 채집통을 가리켰다.

"해병이 있잖아. 귀신 다 쫓아 줄 거야."

해수는 해병이를 내려다보았다. 해병이가 채집통 안에서 고개를 갸웃했다. 단단하고 까만 눈망울이 믿음직스러웠다. 게다가 해수 곁에는 해볼테냥도 있었다. 무슨 일이 생기면 공격력을 최대치로 높여 싸워 줄 호위무사.

"내가 먼저 올라갈게."

해리는 탁자 위에 놓은 의자를 조심조심 디뎠다. 눈앞에 사각형의 문이 반쯤 열려 있었다. 해리는 크게 심호흡을 했다.

"하나, 둘, 셋!"

문이 둔탁한 소리를 내며 열렸다. 해리가 손전등을 비춰 보니 한 사람이 겨우 기어갈 수 있을 만한 통로가 어딘가로 이어져 있었다. 해수는 휴대폰을 꺼내 촬영을 시작했다.

🎥

안했슈 TV의 안해수입니다. 그동안 응원해 주신 많은 분들께 감사 드립니다.

저희는 이 집을 탈출하려고 합니다. 방 탈출 카페에 가 본 적은 없지만 이것이 진정한 방 탈출 아닐까요? 마냥 기다리기만 할 수는 없습니다. 뭐라도 해 봐야지요. 문이 없는데 어떻게 나가냐고요? 화장실 천장에 작은 문이 있습니다. 어디로 통하는지는 모르겠지만 여기로 나가 보려고 합니다. (병아리가 들어 있는 채집통을 비춘다) 해병이가 우리를 지켜 줄 겁니다. (화장실 천장을 비춘다) 누나가 먼저 올라갑니다. (해수가 손짓한다) 해볼테냥, 이리 와.

지금 엄청 떨립니다. 행운을 빌어 주세요. 두 손을 써야 해서 더 이상 영상은 찍기 힘들 것 같네요.

내가 여기로 나가자고 안 했슈…….

안했슈 TV 구독, 좋아요, 알림 설정까지.

해수는 휴대폰을 가방에 넣었다. 해리가 위에서 내려다보고 있었다. 먼저 해병이가 든 채집통을 건넸다. 해리가 통을 받아 두고서 다시 손을 내밀었다. 이번에는 해수 차례였다. 해수는 누나의 손을 꽉 잡고 천장으로 힘겹게 올라갔다.

해리와 해수는 눈앞에 펼쳐진 새까만 어둠을 바라보았다. 작은 손전등은 코앞만 희미하게 비출 뿐이었다. 침묵 속에서 먼저 입을 연 사람은 해리였다.

"준비됐지?"

"응."

둘은 비좁고 답답한 통로를 기어가기 시작했다. 해리가 손전
등을 비추며 앞서가고, 해수는 그 뒤를 바짝 따랐다. 어둑한 공
기, 눅눅한 냄새, 배관을 흐르는 물소리에 마음이 서늘하게 움츠
러들었다. 오래 묵은 먼지 때문에 기침이 났고, 바닥을 짚은 팔
꿈치도 아팠다. 가방을 멘 어깨와 등도 뻐근했다.

해리는 해수가 잘 따라오나 자꾸 뒤돌아보았다. 해수도 누나와
멀어지지 않으려고 열심이었다. 벽을 통과할 수 있는 해볼테냥은
의리 없이 어딘가로 사라져 버렸다. 집을 탈출하다 죽은 귀신이
나타나 발목을 홱 붙잡을 것만 같아서 발끝이 오그라들었다.

그럴 때마다 어김없이 해병이의 삐악삐악 소리가 들려왔다.
둘은 그 작은 소리에 의지해 앞으로 나아갈 수 있었다.

"살아 있는 것은 항상 죽은 것보다 힘이 세."

해수는 엄마가 해 주던 말을 떠올렸다. 엄마의 말이 사실이라
면 연약한 병아리도 죽은 귀신보다 강할 것이다.

"앗, 앞이 막혔어!"

앞서가던 해리가 멈추었다. 길이 벽으로 막혀 있었다. 여기서 끝인가 싶어 실망이 이만저만이 아니었다.

해리는 손전등을 비추어 구석구석 살폈다. 벽 한쪽이 누수 때문인지 젖어 있었다. 손가락으로 조금씩 파내자 벽돌 하나가 힘없이 부서져 떨어졌다. 해리는 벽돌을 쥐고 벽을 때리기 시작했다. 손이 까져서 피가 났지만 멈추지 않았다. 벽이 조금씩 흔들리는 것이 느껴졌다. 해리는 있는 힘껏 벽을 밀었다. 헐거워진 벽돌들이 하나둘 무너져 내렸다.

퍽! 벽돌이 바닥에 떨어져 산산조각 나는 소리가 들렸다.

"뭐야, 무슨 일이야?"

해리는 해수가 계속 부르고 있었다는 걸 이제야 알아차렸다.

"내가…… 벽을 부수어 버렸어."

"와, 누나 대단하다!"

벽 너머는 낭떠러지였다. 각 층에서 뻗어 나온 관들이 위아래로 이어지고 있었다. 마치 얽히고설킨 지하철 노선도처럼 보였다.

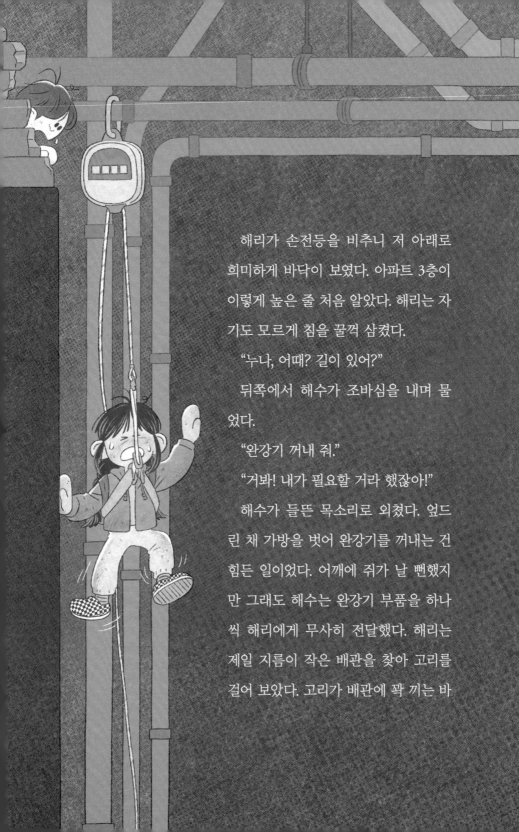

　해리가 손전등을 비추니 저 아래로
희미하게 바닥이 보였다. 아파트 3층이
이렇게 높은 줄 처음 알았다. 해리는 자
기도 모르게 침을 꿀꺽 삼켰다.

　"누나, 어때? 길이 있어?"

　뒤쪽에서 해수가 조바심을 내며 물
었다.

　"완강기 꺼내 줘."

　"거봐! 내가 필요할 거라 했잖아!"

　해수가 들뜬 목소리로 외쳤다. 엎드
린 채 가방을 벗어 완강기를 꺼내는 건
힘든 일이었다. 어깨에 쥐가 날 뻔했지
만 그래도 해수는 완강기 부품을 하나
씩 해리에게 무사히 전달했다. 해리는
제일 지름이 작은 배관을 찾아 고리를
걸어 보았다. 고리가 배관에 꼭 끼는 바

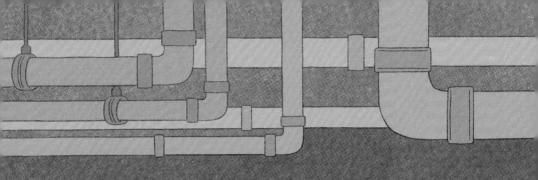

람에 애를 먹었지만 다행히 고정시킬 수 있었다. 완강기를 고리에 연결하고 벨트를 가슴에 뗐다. 마지막으로 밧줄이 감긴 릴을 아래로 던졌다. 준비는 끝났다.

그런데 문득, 배관이 잘 버텨 줄까, 끈이 갑자기 끊어지지는 않을까, 끈이 짧아서 중간에 멈추면 어떡하지…… 수많은 걱정들이 한꺼번에 밀려왔다. 해리는 이럴 줄 알았으면 헬멧도 챙겨 올걸 조금 후회했다.

"다 됐어? 빨리 내려가 봐."

속도 모르고 해수가 재촉했다. 꼭 놀이기구 타려고 줄 선 사람처럼 신나 보였다.

"그럼, 나 먼저 내려간다."

해리가 조심조심 아래로 향했다.

"으아악!"

공중에 몸이 뜨자 심장이 철렁했다. 손에 땀이 끈적하게 배어 나왔다. 당황해서 허우적대다가 벽에 부딪히고 말았다. 양손으로 벽을 짚고 나서야 겨우 숨을 고를 수 있었다.

"누나, 괜찮아?"

해수가 아래를 내려다보며 물었다.

"응......."

해리는 번데기처럼 대롱대롱 매달려 천천히 아래로 내려갔다. 시간이 아주 느리게 흐르는 것 같았다. 털썩, 발이 땅에 닿았다. 해리는 다리에 힘이 풀려 주저앉았다. 손전등을 위로 비춰 보니 하늘이 내려 준 동아줄처럼, 완강기의 밧줄이 길게 늘어져 있었다. 그 끝에선 해수가 고개를 쭉 내밀고 있었다. 하늘로 올라가는 것이 아니라 땅으로 내려온다는 점이 옛날이야기와 달랐다. 해님 달님이 되지 않아도 돼서 다행이었다.

해리는 동생이 겁먹을까 봐 일부러 밝은 목소리로 외쳤다.

"하나도 안 무서워! 재밌어!"

위쪽에서 해수의 들뜬 목소리가 들려왔다.

"드디어 안해수 차례다!"

해수는 망설임 없이 신나게 내려왔다. 해병이가 든 채집통을 단단히 매고서.

삐악삐악!

처음 하늘을 날아 본 해병이가 힘차게 소리를 내질렀다. 해병이와 해수도 무사히 땅을 디뎠다. 해수는 가슴에 멘 벨트를 풀며 아쉬워했다.

"한 번 더 타고 싶다."

둘은 정신을 가다듬고 주변을 둘러보았다. 시커멓고 오싹한 냉기에 몸이 움츠러들었다. 해수는 누나 옆에 바짝 붙어 섰다. 해리가 손전등을 높이 들었다. 스산한 콘크리트 벽…… 그리고 여러 개의 문이 보였다. 하나같이 작고 녹이 슨 철문이었다.

"문이야, 문!"

해리가 떨리는 목소리로 외쳤다. 해수가 문마다 달려가서 손잡이를 돌려 보았다. 야속하게도 모두 잠겨 있었다. 해리는 동생이랑 해병이까지 데리고 어떻게 집으로 돌아갈지 막막했다. 마음이 와르르 무너지려던 그때, 해수가 문을 두드리기 시작했다.

"살려 주세요! 살려 주세요!"

해리의 눈이 번쩍 떠졌다. 해리도 기운을 내어 문을 두드렸다.

"여기요! 우리 여기 있어요!"

텅 빈 어둠 속으로 목소리가 조각조각 흩어졌다. 둘은 목이 쉬도록 외치고 주먹이 새빨개지도록 두드렸다.

얼마나 지났을까.

드디어 문 하나가 철컥 소리를 내며 열렸다. 해리와 해수에게로 환한 빛이 쏟아졌다. 그 빛 속에서 누군가 외쳤다.

"아이고, 너네 여기서 뭐 하는 거냐?"

아파트를 청소하는 할머니였다.

아이들의 얼굴은 온통 먼지로 새까맸다. 부스스한 머리, 무릎이 해진 바지, 피가 말라붙은 손……. 할머니는 실종된 아이들임을 곧바로 알아보았다.

"너희들, 301호 맞지?"

해리와 해수는 고개를 끄덕이며 눈물을 펑펑 흘렸다. 할머니는 아이들을 꼭 안아 주었다.

그곳은 지하 주차장 한쪽에 있는 아파트의 빈 공간이었다. 할머니가 아파트 구석구석을 청소하다가 우연히 발견한 장소였다. 할머니는 소파, 카펫, 화분, 인형 등 버려진 물건들로 아늑하고 멋진 비밀 아지트를 꾸며 두었다.

아이들은 소파에 앉아 할머니가 건네준 물을 마시며 숨을 골랐다. 마음이 조금씩 진정되는 것 같았다. 그제야 맞은편에 나란히 놓인 인형들이 눈에 들어왔다. 해리는 그 사이에서 낯익은 토끼 인형을 발견했다.

"어? 토요일이다! 이거 제 인형이에요. 엄마가 버려서……. 다시 가져가면 안 될까요?"

"당연히 되지! 내가 이날을 위해 주워 놨나 보다."

할머니는 커피 얼룩이 묻은 낡은 토끼 인형을 해리에게 주었다. 그러고는 주름진 얼굴 가득 따스한 미소를 지었다.

"이제 집으로 돌아가야지?"

그곳에 문이 있다

해리와 해수는 아파트 엘리베이터를 타고 3층으로 올라갔다. 해수는 긴장이 되는지 슬며시 누나의 손을 잡았다. 평소라면 뿌리쳤을 테지만 이번엔 해리도 동생의 손을 꼭 맞잡았다. 엘리베이터에서 내려 집 앞으로 갔다.

그곳에 문이 있었다. 없어질 리가 없다는 듯 단호한 모습으로.

"누나…… 여기 우리 집 맞지?"

"응, 확실해. 초인종에 네가 붙인 스티커 그대로 있잖아."

한 달 전과 달라진 점이 있다면 문에 노란 쪽지들이 잔뜩 붙어 있다는 것뿐이었다.

"우아, 근데 이건 다 뭐야?"

해수가 가까이 다가가 쪽지를 훑어보았다. 이웃들, 친구들, 택배 아주머니, 우체부 아저씨……. 모두들 해리와 해수가 돌아오기를 기원하고 있었다.

해리는 울컥 눈물이 나려는 걸 꾹 참았다. 문 앞에서 울고 있을 때가 아니었다. 엄마를 빨리 만나고 싶었다.

해리가 천천히 도어록 비밀번호를 눌렀다.

삐, 삐, 삐, 삐, 띠리링.

마침내 문이 열렸다. 열린 문 너머에 집이 있었다. 문과 창문과 엄마가 있는, 해리와 해수의 집.

선화는 누군가 비밀번호 누르는 소리를 듣고 정신없이 현관으로 뛰쳐나왔다. 그리고 꼬질꼬질한 몰골로 서 있는 해리와 해수를 믿어지지 않는다는 표정으로 바라보았다.

"엄마!"

해수가 먼저 엄마에게 달려가 안겼다. 모두 눈물이 그렁그렁 차올랐다. 선화는 해수를 꼭 껴안은 채 해리에게 손을 내밀었다. 해리도 토요일을 바닥에 떨구고 엄마에게 와락 안겼다.

활짝 열린 창문으로 푸른 바람이 살랑살랑 불어왔다.

삐악삐악.

해수가 매고 있던 채집통에서 살아 있는 소리가 들려왔다. 그 소리는 바람을 타고 창문을 넘어 세상 밖으로 가벼이 날아갔다.

한동안 세상이 떠들썩했다. 집에서 실종되었던 남매가 한 달 만에 무사히 돌아왔다는 소식이 삽시간에 퍼졌다. 수많은 기자

와 아이튜버가 찾아와 질문을 퍼부었다. 301호 문 앞에서 인증샷을 찍는 놀이가 유행하기도 했다. '대한민국에서 광화문보다 더 유명한 문'이라는 수식어도 붙었다.

경찰이 아이들의 탈출 경로를 따라가 보았지만 문이 없는 집은 찾지 못했다. 집 안에 비밀 공간을 만들어 놓고 세상을 감쪽같이 속인 한 가족의 자작극이라는 설, 버려진 토끼 인형의 저주라는 설, 죽은 아빠가 아이들을 저승에 데려갔다가 다시 돌려보냈다는 설, 진짜처럼 잘 만들어진 메타버스였다는 설 등이 떠돌았다. 아인슈타인 어쩌고 하는 어려운 과학적 가능성을 설명하는 아이튜브 채널도 여럿 등장했다. 하지만 누구도 명확한 답을 내놓지는 못했다.

시간이 흐르자 문이 사라진 집 이야기는 서서히 잊혔다. 사람들은 살다 보면 때때로 그런 일도 있는 거라고 생각하게 되었다. 서랍이 무언가에 걸려서 안 열릴 때가 있는 것처럼, 혹은 택배가 잘못된 주소로 배달되기도 하는 것처럼. 세상의 관심은 다시 새로운 이야기를 좇아 흩어졌다.

해병이는 무럭무럭 자라 닭이 되었다. 해리와 해수가 문 없는 집에서 목 빠지게 달걀을 기다리고 있었더라면 무척 실망했을 것이다. 해병이는 수탉이었다. 새벽마다 꼬끼오, 하고 우렁차게 울어 댔다. 다행히 아랫집 할아버지는 닭을 싫어하지 않는 눈치였다. 가끔 해리와 해수에게 말을 붙이기도 했다. 어렸을 때 고향에서 키우던 닭이 참 예뻤다고.

해리는 여전히 엄마와 종종 싸웠다. 서로가 없을 때 느꼈던 소중함이나 다시 만났을 때의 애틋함은 금방 잊혔다. 그래도 밥투정은 줄었다. 엄마가 늦는 날에는 해수에게 라면을 끓여 주거나 빨래를 널어놓기도 했다. 해리는 학교 끝나고 친구들과 컵볶이를 먹는 일상이 너무나 행복했다. 한 달간 집에서 아이쁘의 신곡 안무를 익혔던 터라 센터 자리도 지킬 수 있었다. 토요일은 다시 책장 구석에 처박혔다. 잊지 않고 한 번씩 꺼내어 먼지를 털어 주긴 했다.

해수는 엄마와 누나, 귀신 잡는 해병이 없이도 혼자 잠을 잘 수 있게 되었다. 탈출에 성공하면 김치는 절대 먹지 않겠다고 다짐했지만 어느새 정이 들어 가장 좋아하는 음식이 되어 버렸다. 안했슈 TV는 높은 인기와 수많은 논란 속에 문을 닫았다. 세상의 지나친 관심이 어린 아들에게 너무 힘들 거라는 엄마의 판단 때문이었다. 조금 아쉬웠지만 해수는 혼자 아이튜브를 찍는 것보다 문밖으로 나가 친구들과 뛰어노는 편이 훨씬 좋았다.

아파트에는 낯선 고양이가 나타나곤 했다. 구름 한 점 없는 날엔 푸르스름한 고양이가, 해 질 무렵엔 붉은빛을 띤 고양이가 어슬렁거렸다. 모두 같은 고양이일 거라고는 아무도 생각하지 못했다. 딱 한 명, 해수만 빼고. 고양이는 아이들이 놓아둔 참치 통조림은 거들떠보지 않고 풀만 뜯어 먹었다. 풀을 배불리 먹고 나면 다른 고양이들에게 다가가 이렇게 말하는 것 같았다.

"나랑 친구 해볼테냥?"

선화는 현관문을 열 때마다 가슴이 덜컥 내려앉았다. 아이들이 또 어딘가로 훌쩍 사라져 버린 건 아닐까 걱정부터 되었다. 하지만 아이들은 해가 지면 어김없이 집으로 돌아왔다. 날마다 조금씩 자란 채로. 아이들은 언젠가 집을 떠나갈 것이다. 그래도 문은 항상 그곳에 있을 것이다. 고생했어, 힘들었지, 기다렸어, 사랑해…… 그 모든 말을 담고서.

"엄마! 누나가……."

"엄마! 해수가……."

해리와 해수가 안방 문을 벌컥 열고 동시에 들어왔다. 말다툼을 하다가 서로 먼저 엄마한테 이르려던 참이었다. 엄마는 화장대 서랍을 뒤적이고 있었다. 아이들은 화장대 위에 액세서리가 잔뜩 올려져 있는 것을 보고는 뒷말이 쏙 들어갔다. 둘은 큰일 났다는 눈빛을 주고받았다.

"너희 아빠 결혼반지도 분명히 여기에 있었는데……."

엄마가 고개를 갸웃했다.

"엄마, 있잖아……. 결혼반지에 박힌 거, 진짜 다이아몬드 아니지?"

해수가 모른 척하며 슬쩍 물었다.

"아니긴, 진짜야. 결혼반지 아니면 언제 다이아를 껴 보겠니?"

해리와 해수는 동그래진 눈으로 서로를 바라보았다. 아빠 반지가 변기 속으로 길고 긴 여행을 떠났다는 건 영원히 비밀이어야만 했다. 엄마가 더 묻기 전에 허둥지둥 자리를 피했다.

아이들이 나간 후, 엄마는 서랍 구석에 있던 반지를 찾았다.

"아, 여기 있었네."

입김을 불어 반지를 닦았다. 늦은 오후 햇살 속에서 반지가 반짝 빛났다. 엄마는 알아채지 못했다. 반지의 안쪽 틈새에 거무스름한 초록빛 이끼가 가만히 숨죽이고 있다는 것을.

작가의 말

(작가, 얼굴을 비춘다) 여러분, 재미있게 읽으셨나요? 이 이야기는 여기서 끝이지만 사실은 끝이 아니랍니다. 해리와 해수가 아파트의 어딘가에서 마주했던 여러 개의 문을 기억할 거예요. 청소부 할머니가 열어 준 문 말고, 다른 문들은 어디로 통하는 걸까요? 어떤 문이 열리느냐에 따라, 어쩌면 해리와 해수는 집과 한 발짝 더 멀어진 곳으로 새로운 모험을 떠나야 했을지도 몰라요. 예를 들어 이야기가 이렇게 이어지는 거지요.

얼마나 지났을까.

드디어 문 하나가 철컥 소리를 내며 열렸다. 해리와 해수에게로 환한 빛이 쏟아졌다. 그 빛 속에서 누군가 외쳤다.

"어서 오렴, 내가 너희들의 새로운 엄마야! 먼 길 오느라 피곤하지? 먼저 뜨끈한 젤리로 씻고 함께 저녁 먹자."

반투명한 초록빛 얼굴에 하나뿐인 눈을 뒤룩뒤룩 굴리며 '새로운 엄마'가 아이들을 반갑게 맞아 주었다. 움직일 때마다 끈적

끈적한 액체가 뚝뚝 흘렀다. 소행성 B301에서는 지구인 아이를 입양하는 것이 유행이었다. 귀엽고 순한 지구인들은 반려인으로 큰 인기를 얻고 있었다…….

새로운 이야기들은 자꾸 시작되고 자라날 겁니다. 문이 모두 열릴 때까지요.

마지막으로, 혹시 어느 날 문이 사라진다면 자기만의 문을 찾아보세요. 자신의 마음을 샅샅이 살펴보길 바라요. 사람마다 열리는 문이 다르답니다. 힌트를 주자면, 사실 문은 어디에나 있어요. 지금 당장은 문처럼 보이지 않더라도 말이지요.

자, 이제 진짜 마지막 한마디.

『어느 날 문이 사라졌다』 정독, 좋아요, 후기 작성까지!

김은영

벽에 문을 내는 일

　보통, 집은 가장 편안하고 안전한 곳이다. 사람들은 직장이나 학교, 기타 수많은 곳에서 다양한 일을 하고 집으로 돌아간다. 아무리 즐거웠던 여행이라도 일정을 마치고 동네 초입에 들어섰을 때 나도 모르게 중얼거리는 '다 왔다!'는 말. 집이 우리에게 어떤 공간인지 이만큼 잘 나타내는 말도 드물다. 집은 사람들이 외부 활동에서 소진한 자신의 몸과 마음을 추스르고 쉼을 얻는 곳이다. 그러니까 집은 건축물이지만 정서적인 역할도 톡톡히 감당하는 곳이다. 그런데, 그런 집에서 조난된다면? 아니, 애초에 집에서 조난된다는 게 가능한가? 『어느 날 문이 사라졌다』는 가장 안전하다고 생각하는 집에서 조난된 남매의 이야기다.

해리와 해수는 평범한 아파트 3층에 산다. 그런데 어느 날 아침 눈을 뜨니 집에 있는 모든 문이 사라졌다. 엄마가 차려 놓고 간 아침밥도 집의 물건들도 평소와 같은데 현관문도, 창문도, 베란다도 모두 벽이 되어 버렸다. "마치 집이 통째로 택배 상자 안에 밀봉된 것" 같다. 이게 끝이 아니다. 전화도 인터넷도 되지 않는다. 문이 벽이 된 것도 당황스러운데 전화와 인터넷마저 되지 않는다니! 이 상황은 공포 그 자체다. 코로나19가 기승을 부리던 때에도 인터넷은 돌아갔고 배달도 가능했다. 우리는 가족이나 친구와 통화를 할 수 있었고, TV를 비롯한 각종 매체를 통해 외부와 늘 연결되어 있었다. 하지만 해리와 해수는 외부와 거의 완전히 차단된 채, 집에 갇혔다.

이야기의 초반, 해리는 자신에게 묻지 않고 애착 인형 '토요일'을 버린 엄마와 갈등한다. 소리를 지르고 발을 구르지만 엄마는 끝까지 해리에게 사과하지 않는다. 결국 해리는 엄마가 보던 책을 쓰레기통에 던지고 방으로 들어간다. 그때 "쾅! 방문이 큰 소리를 내며" 닫힌다. 닫힌 방문은 상징적이다. 가장 가까운 관계인 엄마와 해리의 단절은 이후 집 안의 모든 문이 사라지는 것으로, 그리고 이웃과 사회, 즉 이 가족을 바라보는 사람들의 닫힌 시선으로 이어진다.

예를 들어 아이들이 사라졌다는 엄마의 신고에 집으로 찾아

온 경찰은 걱정 가득한 엄마에게 '아이들이 장난 치는 것' 아니냐고 묻는다. 그도 그럴 것이 아이들이 끝방에서 간신히 잡은 미약한 와이파이로 겨우 업로드한 동영상은 아이들의 부재를 실종으로 받아들이기 어렵게 한다. 경찰은 엄마와 아이들의 현실보다 합리에 근거해 사건을 바라본다. 문이 사라진 집과 문이 그대로 있는 집이 동시에 존재하는 건 불가능하다는 '상식'은 사건을 올바로 보지 못하게 한다. 이는 이후 해수가 올리는 동영상에 사람들이 보이는 반응에서도 동일하게 드러난다. 자기 집에서 실종된 아이들이 재난방송을 찍어 업로드한다고? 해수의 채널에는 응원만큼 불신과 비방의 댓글이 달린다.

아이들의 엄마인 선화 역시 이 상황을 받아들이기 어렵다. 애들이 학교에 있을 시간에 해수의 동영상 업로드 알림이 울린다. 제목은 'SOS! 집에 갇혔어요!'. 딴짓을 하는 줄 알고 화를 내는데, 마침 학교에서 아이들이 등교하지 않았다는 연락이 온다. 놀라서 전화를 걸지만 아이들은 받지 않고, 메신저도 불통이다. 뒤늦게 '집의 모든 문이 사라졌으니, 영상을 보신 분은 엄마나 119에 연락해 달라'는 해수의 동영상을 확인하고 집으로 달려가지만 집은 그대로다. 아이들만 없을 뿐.

이렇게만 정리하면 이 이야기는 마치 호러물 같다. 혹은 모든 것과 '불통'하는 이 시대, 혹은 우리 자신에 대한 은유로 읽히기도 한다. 하지만 작품을 읽은 독자라면 누구나 알 수 있듯, 『어느 날 문이 사라졌다』는 전체적으로 재미있고 유쾌하다. '사라진 아이들'이라는, 자칫 어두워지기 쉬운 이야기에 웃음을 더하고 이것을 일상(삶)에 대한 새로운 성찰과 도전으로 전화하며, 앞이 보이지 않는 암담한 현실에서 기필코 가능성을 끌어내는 결말은 동화라는 장르와 동화의 주인공인 아이들에 대한 작가의 이해와 믿음에서 비롯한다. 동화에서 희망은 관념이나 정신 승리가 아니다. 전쟁통에도 모여서 놀고 웃는 아이들, 항상 '지금, 이 순간'을 살아가는 존재들. 동화의 주인공이자 동화의 독자이며 동화의 주인인 어린이는 동화가 희망일 수 있는 궁극의 이유이다.

그런 의미에서 해리와 해수는 동화의 주인공답다. 우선 이 작품에서 작가가 해수라는 인물을 그린 방식을 보자. 이야기에서 해수는 얼핏 무력한 사고뭉치로 보인다. 툭 하면 우는 데다가, 장난칠 궁리만 하는 것 같기 때문이다. 하지만 해수의 천진함은 길게 이어지는 고립을 버틸 수 있게 하는 근원적인 동력이 된다.

해수는 이성과 합리(어른)보다는 순수한 호기심과 자신의 욕구(어린이)를 중심으로 움직인다. 해수는 중요한 식량인 달걀을 먹는 대신 부화시키는 쪽을 선택하고, 착한 사람 눈에만 보이는 채식 고양이 '해볼테냥'과 친구가 된다. 벽을 통과하는 고양이 해볼테냥을 만난 이후 해수는 하루 종일 해볼테냥과 논다. 마치 현덕의 노마와 영이를 보는 것 같은 이 장면은 꽉 막힌 현실에 상상으로 틈을 내는 동화의 힘과 미덕을 유감없이 보여 준다. 해볼테냥은 이름 그대로, 무도한 현실 앞에 주저앉지 않고 놀이로 맞서는 아이들의 힘이다.

'안했슈 TV'도 마찬가지다. '안했슈'는 누나 해리가 무조건 안 했다고 발뺌하는 동생을 비꼬아 부르는 별명인데, 해수는 외려 그 이름으로 자신의 동영상 채널을 만든다. 문이 사라지고 고립되었다는 사실을 알리는 첫 방송부터 해수는 "문 없앤 거 내가 안 했슈!"라며 유머를 잃지 않는다. 이후에도 '재난방송' '비상 상황'이라는 단어를 써 가면서 상황의 위급함을 말하지만, "불 낸 거 내가 안 했슈!" "절대 무섭다고 울고불고 안 했슈!" 등 각종 '안했슈'로 어두운 상황을 돌파한다.

또한 해수의 안했슈는 해야 하는 것과 하지 말아야 하는 것의 수많은 목록으로 이루어진 견고한 현실에 질문을 던진다.

해리와 해수는 아기 때부터 아파트에 살았다. 조금만 크게 말해도 곧장 조용히 하라는 말이 날아왔고, 복도에서 뛰거나 소파에서 뛰어내리면 엄마가 기겁을 했다. 아랫집 할아버지한테서 발 망치 소리가 난다는 불평을 듣고부터는 까치발로 다녀야 했다. 음악을 틀고 춤추는 건 절대 있을 수 없는 일이었다. 지금은 재난 상황이고, 이건 구조 요청이니까 괜찮을 것 같았다. 해리와 해수는 마음껏 날뛰고 시끄럽게 소리 지르며 묘한 해방감을 느꼈다.

재난 상황에서 규율은 더 이상 힘을 갖지 못한다. 아이들은 '공공주택에서는 뛰면 안 된다' '건강한 음식을 먹어야 한다' '형제끼리 사이좋게 지내야 한다' 등 엄마와 사회가 만든 각종 규율을 재난이라는 상황을 역으로 활용, 손쉽게 뒤집는다.

갇혔다는 현실에 사로잡히지 않는 아이들은 재난의 와중에도 각종 모험과 일탈을 하며 즐거움과 행복을 찾고 숨 쉴 구멍을 만든다. 언제나 현재가, 지금 이 순간이 가장 중요하다는 사실을 이만큼 잘 보여 주는 이야기가 또 있던가. 금지된 가스불을 켜 라면을 끓여 보고, 아빠의 반지를 변기에 넣고 물을 내리며, 음악을 크게 틀고 날뛰는 카니발적 순간은 아이들에게 "묘한 해방감"을 준다. 그리고 이 경험은 깨끗한 벽에 낙서를 하는 "야만적인 행동"으로 이어진다.

되는 것과 안 되는 것은 이렇게 유동적이다. 고립된 상황에서 아이들을 지탱한 것은 '지금, 이 순간'의 행복이며, 지금에 충실한 아이들의 모습은 내일에 붙잡혀 오늘을 살지 못하는 우리를 돌아보게 한다.

해리는 해수보다 복잡한 상황에 처해 있다. 해리는 이야기 속에서 문을 찾는 가장 중요한 일을 하는데, 해리가 찾아야 하는 문은 단순히 물리적인 문이 아니다. 처음에 해리는 "우리는 집 안에서 잘 지내면 되는 거야. 누군가 구해 주러 올 때까지."라며 구조를 기다린다. 잠 못 이루는 해수에게 해와 달이 된 오누이 이야기를 들려주면서 해리는 기도한다. "우리를 살리시려거든…… 문을 내려 주세요." 해리는 해수와 함께 엄마 없는 시간을 나름대로 잘 꾸려 가지만, 바닥을 드러내는 식량과 생필품을 보며 점점 초조해한다. 마침 그때 아이들이 부화시키려고 정성을 쏟던 달걀이 움직이기 시작한다.

병아리의 사투는 몇 시간이나 계속되었다. (중략)
"어휴, 답답해. 조금만 도와줄까?"
"내가 깨면 병아리, 남이 깨면 프라이라는 말 몰라? 스스로 나올 수 있게 놔둬야 해. 사람이 깨 주면 금방 죽는대."

알 속 병아리는 문이 없는 집에 갇힌 아이들과 유사한 상황이다. 알 밖으로 나오기 위해 긴 시간 사투를 벌이는 병아리를 보며, 해리는 더 이상 구해 줄 누군가를 기다리고 있을 수만은 없다는 사실을 깨닫는다.

사실 해리는 화장실 천장에 있는 네모난 문을 진작 알고 있었다. 하지만 '천장을 애써 외면'한다. 이는 우리 안에 자리한 '두려움'에 다름 아니다. 책임지고 싶지 않은 마음, 그저 모르는 척 덮어 두고 싶은 마음은 두려움이라는 이름으로 우리 안에 똬리를 틀고 내 안에 숱한 벽을 만든다. 자신을 믿고 힘껏 지지하지 못하게 하는 마음. 실패할까 봐 아무것도 시도하지 않으려는 마음. 내 안의 가능성을 외면하는 마음. 어쩌면 모든 문을 사라지게 한 것은, 모든 문을 벽으로 만든 것은 우리 자신일지도 모른다.

해리는 프라이 대신 병아리가 된 해병이를 보며 결심한다. 동아줄을 기다리는 대신 벽에 문을 내기로. 아니, 무서운 '곰'이라고 생각해 외면했던 '문'을 스스로 열고 나가기로. 물론 시도가 곧바로 열매로 이어지지는 않는다. 아이들 앞에는 비좁고 답답한 통로, 새까만 어둠, 눅눅한 냄새, 오래 묵은 먼지와 배관을 흐르는 불길한 물소리가 있다. 마음이 서늘해지고 어깨가 움츠러들지만 둘은 채집통에 들어 있는 해병이의 삐악거리는 소리에 의지해 전진한다. 길이 사라지고 벽이 가로막은 곳에서는 벽을 부수고 길을 낸다. 아이들은 하늘이 내려 준 동아줄 대신 자신들이 챙겨 온 완강기를 사용해 드디어 세상으로 나온다. 해병이만 알을 깬 것이 아니라, 아이들도 알을 깬 것이다.

엄마는 말했다. "살아 있는 것은 항상 죽은 것보다 힘이 세." 맞는 말이다. 귀신보다 무서운 것은, 그것을 만들어 내는 우리의 두려움이고 두려움에 사로잡혀 모든 문을 닫고 스스로를 방에 가두는 우리 자신인지도 모른다. 하지만 해리와 해수가 보여 준 것처럼, 곰은 언제든 문이 될 수 있다. 해수의 해볼테냥과 해병이, 그리고 끝내 '나'라는 문을 열고 나온 해리. 가장 힘이 센 것은 포기하지 않는 마음일 것이다.

송수연(아동문학평론가)